Falk Krüger

Der Timber-Wolf
und andere Geschichten

Falk Krüger

Der Timber-Wolf

und andere Geschichten

Helmut Seubert Verlag

Alle Rechte vorbehalten
© 1995 Helmut Seubert Verlag

Der Abdruck des Gedichtes
„The Spell of the Yukon" erfolgt mit
freundlicher Genehmigung des Lizenzgebers,
Herrn M. W. Krasilovsky, New York.

Gesamtherstellung
Seubert Satz + Druck GmbH, Nürnberg
Printed in Germany
mit 6 Bildern von Kurt Keßler

ISBN 3-926 849-13-4

Inhalt

Vorwort	7
Die Killer-Wale	12
Morgendämmerung	15
Eine unvergeßliche Nacht	19
Die Geschichte mit dem Vogel	22
Cowboy-Story	26
Der Timber-Wolf	32
Die Bären-Geschichte vom Yukon	36
Das Magic Camp	41
Der Cascade-Bär	46
Der Luchs	50
Die rettende Blockhütte	53
Das Nordlicht	58
Hunde-Choral	62
Was sonst die warme Stube...	65
Moose – der amerikanische Elch	68
Kentergeschichten	73
Mein Abschied vom Yukon	78
Falk Krüger: Mein Leben	83
The Spell of the Yukon	90
The Yukon Territories	96

Vorwort

Angefangen hat alles mit einer Skitour in Tirol. Ich war damals, im Jahr 1952, 17 Jahre alt – und voller Begeisterung für den weißen Sport, in dessen Geheimnisse ich mit Hilfe eines Skikurses noch weiter einzudringen gedachte. Im schönen Alpbachtal gab es damals noch keine Lifte, was zur Folge hatte, daß wir „Fortgeschrittenen" nach den ersten Übungsschwüngen auf den ortsnahen Hängen, eines wunderschönen Morgens, ich glaube es war Anfang März, mit unseren fellbewaffneten Brettern, unter Anleitung unseres Skilehrers Hansl Bischofer, uns anschickten, das Wiedersberger Horn zu ersteigen.

Es war ein Tag wie aus dem Tiroler Skibilderbuch: Strahlend blauer Himmel über verschneiten Fichten und Tannen – und in makellosem Weiß leuchtende Berghänge.

Nach etwa 2 Stunden Anstieg durch die verschneite Waldregion verordnete uns Hansl eine Schnaufpause. Den Platz, den er dazu gewählt hatte, werde ich mein Leben lang nicht vergessen – so könnte man sich das Paradies vorstellen. Unser sonst übermütig lauter Haufen wurde ganz von selbst mucksmäuschenstill. Um uns herum standen noch ein paar letzte hochgewachsene Lärchen, die den Blick freigaben, über niedriges Latschengehölz, hinauf zu den baumfreien Hängen, hin zum wunderschön in der Sonne glitzernden Gipfelgrat des Wiedersberger Horns. Wir hatten es uns auf unseren zu Liegestühlen umfunktionierten Skiern so bequem wie möglich gemacht und überließen uns dem großartigen Eindruck dieses Panoramas.

Durch die warme Frühlingssonne schmolz ganz sachte der Schnee auf den Zweigen, die dann nach und nach von ihrer Last befreit, mit elegantem Schwung in ihre ursprüngliche Lage zurückfederten. Das Geräusch des dabei herniederstäubenden Schnees und die leichte Luftbewegung der hochschnellenden Zweige, war das einzige Geräusch, das die Stille hörbar machte; ich erinnere mich auch nicht an den Gesang eines Vogels.

Dies war in meinem Leben die erste Begegnung mit der absoluten Stille in der Erhabenheit der Natur, und wahrscheinlich hat sich gerade deshalb all das so unauslöschlich in meine Seele eingebrannt.

Seitdem bin ich immer wieder auf der Suche nach

solchen Orten der Stille, nach Plätzen auf unserer lauten Welt, an denen man noch spürbar Gott nahe ist.

Unbewußt steckte sicher auch gerade diese Sehnsucht dahinter, als ich später begann mit dem Faltboot auf glitzernden Flüssen unsere Heimat zu durchstreifen.

Nur selten fand ich später solche Plätze – denn nicht nur der Ort muß stimmen, auch die Seele muß im Einklang sein mit dem Geschauten und Erlebten – aber ich weiß es gibt sie, z. B. im Oberengadin an der Wiege des Inn, bei den Silser Seen und den herrlichen Bergen dort oben – in dieser Landschaft fühlte ich mich immer Gott besonders nahe.

Bei meiner Suche stieß ich aber immer wieder auf Menschen, die gleich mir, bewußt oder unbewußt, auf der Suche waren.

Einer solchen Begegnung verdanke ich die Bekanntschaft und Freundschaft mit Falk Krüger.

An einem vorweihnachtlich trüben Abend des Jahres 1993, traf ich ihn anläßlich eines Besuchs bei Freunden. Seine Erzählungen beim Kerzenschein von der Wildnis am Yukon und seine Schilderung der erlebten Natur schlugen mich in ihren Bann, und wir merkten beide, wie unsere Seelen im gleichen Rhythmus schwangen. Im Anschluß an dieses Zusammentreffen bat ich Falk, seine Erleb-

nisse aufzuschreiben, um Menschen, die gleich uns, die Großartigkeit unverfälschter Natur lieben, teilhaben zu lassen, an all den wundersamen Erlebnissen.
So entstand das vorliegende Bändchen, in dem ich bewußt die einfache und gerade dadurch so eindringliche Schreibweise Falks unverändert übernommen habe. Wie aus dem Kapitel „Falk Krüger: Mein Leben" zu entnehmen ist, verbrachte er die letzten 16 Jahre im Westen der USA, die deutsche Sprache ist für ihn durchaus nicht mehr so geläufig – und gerade das bringt einen ganz eigenen Reiz in seine Geschichten.
Und jetzt tauchen Sie ein – erleben Sie bei der Lektüre die Wildnis mit Falk Krüger.

Helmut Seubert, August 1995

Die Killer-Wale

Mein Aufenthalt in Seattle, der größten Stadt im Staate Washington / USA, war wohl der Höhepunkt meines Lebens. Wer es liebt, draußen zu sein, kann fast keine günstigere Gegend dafür finden. Berge, Wasser mit vielen Inseln und Buchten – ein wahres Paradies und als Schlagsahne oben drauf – wenig Menschen.
Zeltwandern, Radfahren und Bootfahrten mit dem Kajak, das waren die drei Dinge, mit deren Hilfe ich die Natur erlebte. Das größte von all diesen Erlebnissen war wohl die Begegnung mit den Walen. Es war im Frühling 1980. Mein Freund, seine Frau und ich wollten einen Tagesausflug machen. Mit dem Faltboot (die beiden hatten einen Klepper-Zweisitzer und ich einen Klepper-Einer) wollten wir auf eine Insel fahren, die nicht bewohnt war (Blake Island) und nur fünf Kilometer entfernt im Puget-Sound vor Seattle liegt. Es war eine schöne Überfahrt bei bestem Wetter und die Strömung der Flut war gerade richtig, um uns das Paddeln zu

erleichtern. Auf der Insel angekommen, ließen wir uns nieder zum gemütlichen Lunch. Die Sonne schien so warm, daß man nicht zu frieren brauchte. Den Blick auf das Wasser gerichtet, saßen wir an einen Baumstamm gelehnt. Da sah ich plötzlich etwas aus der Wasseroberfläche herausragen.
Ich fragte:
„Ja Jack, was ist denn das, sehe ich richtig oder narren mich meine Augen?"
„Das sind Wale" sagte er, griff nach seinem Fernglas und wurde jetzt ganz aufgeregt: „Killer Whales – laßt uns hinpaddeln und sie uns anschauen." Im Nu waren er und seine Frau im Boot und paddelten Volldampf voraus. Ich versuchte mitzuhalten, konnte aber im Einer nicht Schritt halten, bei dem Tempo, das die beiden jetzt vorlegten.
Alle vier bis fünf Minuten tauchten die Wale auf zum Blasen und um wieder Luft zu holen. So konnten wir sehen, in welche Richtung sie zogen. Es war ein gewaltiger Anblick, besonders für mich, den Europäer, der nur Kaninchen, Hunde und Kühe gesehen hatte.
Ich bekam richtiges Jagdfieber. Meine Freunde saßen jetzt ganz still und waren mit Fernglas und Kamera beschäftigt. Ich wollte noch dichter heran. Wahrscheinlich war dies meine erste und letzte Gelegenheit, mit dem Kajak an die Wale heranzukommen.

Gerade tauchten sie wieder. Es waren sechs Tiere. Ich paddelte drauf los, um beim nächsten Auftauchen möglichst nahe zu sein. In der Aufregung hatte ich wohl das Zeitgefühl verloren. Die müssen doch jetzt wieder hochkommen!
Also hörte ich auf zu paddeln. Ich wollte ja auch nicht über das Ziel hinausschießen. Da durchbrach der erste Wal die Wasseroberfläche. Das war ähnlich wie bei einem U-Boot. Die Geräusche der Lungen, als würden sich riesige Tanks entladen.
Seine Flossen erschienen wie das Höhenruder eines Düsenflugzeuges. Und die Augen sahen mich scharf an, genau und hochintelligent. Es war sehr beeindruckend.
Dann kam der zweite Wal hoch und dann der dritte. Beide sahen mich sehr interessiert an. Jetzt kam der vierte, noch näher bei mir. Beim fünften wußte ich wohl gar nicht mehr, wie viele es waren, denn der Kerl war nun doch etwas zu nahe gekommen, aber da tauchte der letzte noch dichter neben meinem Boot auf.
Ich hätte ihn mit ausgestrecktem Paddel berühren können, was meine Freunde, die alles beobachtet hatten, später auch bestätigten.
Dieses Erlebnis allein war für mich schon die Reise in den Nordwesten der USA wert gewesen. Wo gibt es das?
Wale – drei Kilometer vor der Stadt!

Morgendämmerung

Eine unvergeßliche Morgendämmerung erlebte ich in den Pine Barrens (Kiefernwälder) New Jerseys. In meiner Philadelphia-Zeit von 1967 - 74 gehörte ich dem Wanderclub „Botona" an. Wir machten jedes Wochenende wunderbare Wanderungen in der Umgebung von Philadelphia im Umkreis von etwa hundert Meilen. Auch Kanufahrten, bei denen wir im Zelt übernachteten, wurden des öfteren unternommen.

In den Pine Barrens, nur dreißig Meilen entfernt von Philadelphia, gab es, wie das Wort „barren" (trocken, dürr, wüstenähnlich) schon sagt, eine herrliche, stille Gegend, in der man die Einsamkeit so richtig spüren konnte. Dort befanden sich auch einige reizvolle Zedernflüsse, die wie für das Kanu gemacht waren. Wir haben so manche schöne Fahrt dort unternommen.

Aber eine, von der ich jetzt berichten will, steht für immer im Buch der Erinnerungen. Einer unserer beliebtesten Zeltplätze lag auf einer kleinen Lichtung, wo der Fluß ein paar schwungvolle Schleifen macht. Wir bauten unsere Zelte oft in einer Art Halbmondkreis – fast wie ein Dorf – auf. Es erinnerte mich immer an Weihnachten, wenn am Abend jeder seine kleinen Kochstellen hatte. Es sah dann aus wie ein riesiger Weihnachtsbaum mit vielen Kerzen.

Vor dem Essen hatten wir immer „happy hour" – geselliges Beisammensein. Ein umgedrehtes Kanu diente als Tisch, auf dem Wein und Imbiß lagen. Es wurde viel gelacht und manche gute alte Geschichte wieder zum besten gegeben. Nach dem Essen wurde gemeinsam ein großes Lagerfeuer gemacht, wofür ich meist voller Freude das Feuerholz heranholte und es dann zerkleinerte. Da war ich wieder zu Hause in Pommern beim Holzmachen.

Am Abend saßen wir dann alle um das Feuer herum und sangen amerikanische Volkslieder und dazwischen tischte einer eine Geschichte – meist Abenteuergeschichte (yarn) – auf.

Trotz des Alkoholkonsums war nie einer betrunken. Es waren immer harmonische Abende. Noch vor Mitternacht gingen die meisten schon in ihr Zelt und krochen in die Schlafsäcke, weil man nach so einem Tag draußen an der frischen Luft und bei dauernder Bewegung doch recht müde wird.

Besonders vor dem Einschlafen genoß ich die voll-

kommene Stille, die mich auch immer wieder an meine Kindheit, die dörfliche Ruhe, erinnerte.
Und der Sternenhimmel dazu sagt ja auch immer „psst!" Wenn man da etwas sagen muß, spricht man nicht so gerne laut.
Den Schlafsack verläßt man in der Nacht nur, wenn es unbedingt sein muß, denn es macht viel Mühe. Aber wer muß, der muß, und so fing ich an, mich herauszuarbeiten – so, nun noch der Reißverschluß der Zelttüre – oh, es ist kalt draußen. Noch ein Satz und ich stand vor meiner Zelttür. Es war nicht mehr Nacht, der Tag war bereits im Werden. Eine unbeschreibliche Schönheit umgab mich. Alles war mit Rauhreif überzogen. Herrliche kleine Wolkenbildungen waren am Himmel, die von einem rötlichen bis zu einem bläulichen Violett langsam, weit gedehnt, über den halben Himmel zogen. Die Bäume der Lichtung standen da wie ein Kirchenchor. Ein gewaltiger Zauber hielt das Ganze umfangen.
Da gibt es kein Zurück mehr in den Schlafsack, das mußte ich bewußt erleben. Eine wahre Götterdämmerung – live!
Ich glaubte natürlich, der erste Aufsteher zu sein. Alle Zelte blieben still unter der Rauhreifdecke, nichts rührte sich. Da entdeckten meine umherschweifenden Augen einen Kameraden, der schon an seinem Feuerchen saß wie ein Indianer, mit sei-

nem Becher Kaffee in der Hand. Auch er schien vom Zauber ergriffen, denn als wir uns ansahen, nahm er nur schweigend seinen Becher hoch, wie zum Prost, sagte aber kein Wort. Das hat auf mich einen solchen Eindruck gemacht, daß er den Zauber durch Laute nicht stören wollte. Es war eine so feierliche Geste, als würde man gesegnet werden. Das Licht und die Farben am Himmel veränderten sich und bald kam die Sonne hervor – mit lautem Gongschlag war ein neuer Tag geboren und mit dem Gongschlag war auch der Zauber vorbei.
Es heißt ja: „Morgenstund hat Gold im Mund." Mag sein. Aber der Zauber, den gibt es, glaube ich, nur vor dem Sonnenaufgang. Die heilige Stunde des Werdens. Es ist wie bei der Schöpfung: Es werde Licht!
Das ist der Zauber der Dämmerung – und dann der gewaltige Gongschlag: Es ward Licht!

Eine unvergeßliche Nacht

Von einem Urlaub, den ich Ende der sechziger Jahre mit dem Faltboot und dem Zelt im Staate Maine verbrachte, auf den Seenketten, bleibt mir eine Nacht immer in Erinnerung. Ich zeltete auf einer kleinen Insel – ganz allein – war König in meinem eigenen Reich. Ich war selig, kam mir vor wie Robinson Crusoe.
Und weil die Stimmung am Lagerfeuer so gut war, blieb ich lange auf und trank viel Tee. Noch heute bin ich dankbar dafür, daß ich damals so viel Tee getrunken habe, denn das war der Grund, daß ich in der Nacht, gegen drei Uhr, aus dem Zelt mußte. Ich fand eine Nacht vor wie ich sie in meinem Leben wohl nie wieder erleben werde – einfach einmalig.
Die Sterne – viele davon waren so groß wie Fünfmarkstücke –, die Atmosphäre und die Luft, ich hielt den Atem an. Ich stand da – mitten im Weltraum! Und dann am Ende des Sees plötzlich der Ruf eines loons (Taucher). Und als Begleitmusik

diese göttliche Stille. Dies mußte die Vorhalle zum Himmel sein. Mir war kalt und ich fror. Trotzdem blieb ich eine halbe Stunde in dieser Pracht stehen ehe ich wieder in meinen warmen Schlafsack kroch. Hätte ich den Tee nicht getrunken, hätte ich glatt diese Zauberstunde verpaßt.

Später sah ich ein Schild:

„Be silent and know that I am God!" (Sei still und bedenke, daß ich Gott bin!)

Das schlug bei mir ein. Gerade weil wir die Stille nicht mehr kennen, haben wir uns von Gott so weit entfernt. Das ist ja die Formel, die uns retten könnte: Sei still!!! Wer zu Gott will, muß erst still werden.

Unsere laute Welt heute ist so unendlich weit von Gott entfernt, daß wir sogar zu sagen wagen: „Es gibt keinen Gott!"

Geh mal hinaus in die Wildnis, auf das Meer oder in die Wüste oder in die Berge, nur weg von der von Menschen gemachten lauten und künstlichen Welt, in die Stille und siehe da: Es gibt einen Gott, in der Tat.

„Be silent and know that I am God!"

Die Geschichte mit dem Vogel

Mit meinem ersten Auto, einem Volkswagen mit Schiebedach, verbrachte ich Anfang der sechziger Jahre im Staate NY / USA, an einem der Fünf-Finger-Seen, meinen Urlaub.
An einem privaten Zeltplatz wurde ich herzlich begrüßt, zumal der kleine VW-Käfer immer noch Aufsehen erregte, wie auch das Sonnendach. Das war damals schon Grund genug, um sofort in ein längeres Gespräch zu kommen. Ich hatte auch noch ein Boot dabei, mit dem ich auf dem See paddeln wollte.
„Ja, wo ist denn das Boot? In dem kleinen Auto etwa? Ist doch kaum genug Platz für Zelt und Gepäck!"
„Es ist ein Faltboot, und ich habe es vorne unter der Haube, wo sich normalerweise der Motor befindet."
Ich baute das Zelt auf und ließ mich häuslich nieder. Am nächsten Morgen wollte ich mein Boot ausprobieren. Als der Morgen kam, schleppte ich die zwei Zeltsäcke, in denen sich das Boot befand, ans Ufer.

Dann fing ich an, das Boot aufzubauen. Wie ein Skelett setzt man die Holzteile zusammen und steckt sie dann in die Gummihülle (Haut). Man braucht dazu etwa 20 Minuten, mit Publikum und Gerede natürlich etwas länger. Ich hatte sofort Publikum. Viele kamen aus Neugier herbei oder auch nur, um sich zu unterhalten. Als ich fertig war, packte ich die Sachen, die ich für meinen Tagesausflug brauchte, ins Boot und stach in See. Die Leute winkten und wünschten mir viel Spaß. Es war ein herrlicher Tag und das Boot glitt leicht dahin. Endlich begann mein Urlaub.
Ich paddelte bis ans Ende des Sees, wo ich in der Abgeschiedenheit der Flußmündung herumspielen wollte.
Obwohl ich kein Biologe bin, kann ich doch eine Veränderung in der Vegetation sofort erkennen. Und hier, am Ende des Sees, veränderte sich ständig etwas. Ich kam in ein sumpfähnliches Gebiet mit Seerosen und vielen verschiedenen Sumpfgewächsen.
Ja richtig, da war die Mündung – gar nicht so leicht zu finden, da man von der Strömung nichts spürte. Auf einmal plätscherte es backbord von mir. Ein kleiner Vogel im Wasser? Wie ist denn der da hingekommen, der gehört doch in die Luft! Mit Ach und Krach schaffte er es auf das nächste große Blatt eines Seerosengewächses. Ich dachte gleich: „Soll

ich ihm helfen? Ach was, dann kriegt er vor Angst vielleicht einen Herzschlag oder ähnliches. Es ist besser, wenn ich der Natur ihren Lauf lasse." Und so wollte ich weiterfahren. „Der stirbt wahrscheinlich sowieso, was kann ich da noch kaputtmachen, wenn ich mich einmische?" dachte ich und fuhr langsam dicht an das Blatt heran, auf welchem der Vogel saß.

Da spritzte es gewaltig. Ein Fisch sprang aus dem Wasser und mein kleiner Vogel wäre davon beinahe wieder ins Wasser gespült worden. Ich hielt ihm meine offene Hand hin und sagte: „Na Kleiner, hier ist deine Chance, ich tue dir nichts." Wie erschrak ich, als er tatsächlich auf meine Hand hüpfte. Es ging mir dabei richtig so ein Kribbeln den Arm hinauf wie leichter elektrischer Strom.

Ich setzte den Vogel behutsam ins Boot, gab ihm etwas von meinem Mittagsbrot ab, was er aber nicht wollte. Er blieb nur ganz still sitzen, vielleicht eine Viertelstunde lang.

Es war jetzt Mittag und die Sonne schien heiß herunter. Da fing er an, sich zu rühren, und bald putzte er sein Gefieder, das bei der starken Sonneneinstrahlung zu trocknen begann. Er putzte es wie ein gesunder Vogel, schien also nicht verletzt zu sein.

Auf einmal machte er ein paar Flügelschläge und flog auf mein Bein. „Aha," dachte ich, „wirst flügge." Ich hielt ihm meine Hand hin, und da hüpfte er auf meinen Finger. Ich nahm ihn hoch und setzte ihn auf meinem Knie ab. Er schien keine Angst zu haben und sah mich nur unentwegt an. Er öffnete dann seine Flügel ein-, zweimal, als traue er sich nicht gleich, und flog dann weg, indem er einen Kreis um mich zog. Als er merkte, daß er doch wieder fliegen kann, wurde er ausgelassen vor Freude, zwitscherte, was es hergab und zog in einer Spirale davon in immer weitere Höhen, bis ich ihn aus den Augen verlor. Und ich weiß nicht einmal, was es für eine Vogelart war – aber ein unvergeßliches Erlebnis ist es immer geblieben, und das ist ja die Hauptsache.

Am Zeltpaltz angekommen, erzählte ich meine kleine Geschichte brühwarm. Dem Eigentümer des Zeltplatzes gefiel sie so gut, daß er mich gleich zum Dinner für den Abend zu seiner Familie einlud.

Seine Frau sollte auch die Geschichte von mir hören. Es waren so nette Leute, daß wir uns später zu Weihnachten immer ein paar Zeilen schrieben. Was so ein kleiner Vogel alles bewirken kann! Die Augen des Vogels, wie er mich anschaute vor seinem Flug, werde ich mein Leben lang nicht vergessen.

Der Vogel ist längst tot, aber das Geistige, das in ihm war, ist ewig, wie auch ich ewig bin. Vielleicht treffen wir uns einmal wieder?

Cowboy-Story

In den achtziger Jahren unternahm ich viele Zeltwanderungen in den Cascade Mountains. In der Regel kaufte ich genügend Verpflegung und Proviant für eine Woche ein und zog dann los für fünf oder sechs Tage, je nach Wetter und Laune.
Der Grund dafür war, daß ich meinen Rucksack möglichst leicht halten wollte. So ging ich lieber nur für eine Woche auf Wanderschaft, kaufte neuen Proviant für die zweite Woche und zog dann ein zweites Mal los. Auf diese Weise brauchte ich nicht mit fast fünfzig Kilogramm auf dem Rücken zu starten, wie jene, die sich gleich für zwei Wochen mit Proviant eindeckten. Also machte ich mich an einem Sonntag in das Gebiet der Alpine Lake Wilderness auf. Um ganz ungestört zu sein, versuchte ich meistens, die Wochenenden zu umgehen, um nicht mit den vielen Wochenendlern einen See oder Zeltplatz teilen zu müssen. Also sonntags raus und möglichst freitags wieder zurück. Und los gings! Ich war wieder in meinem Element.

Glücklich – und die Zeit verging wie im Fluge. Der einzige Trost den dir die vorbeifliegenden Tage geben, ist der, daß der Rucksack jeden Tag leichter wird.

Also nun zur Geschichte. Meine Woche näherte sich schon fast dem Ende. Es war Freitag und ich auf dem Marsch zurück in die Zivilisation. Das ist in der Regel ein trauriger Tag. Der schöne Traum geht zu Ende, man muß wieder zurück in die graue Wirklichkeit.

Das Wetter war einmalig und Proviant hatte ich auch noch genügend, um noch eine weitere Nacht hier zu übernachten und erst Samstag den Ausflug zu beenden. Es waren nur noch sechs Meilen (zwei Stunden Marsch) bis zu meinem Auto.

Und hier lud mich dieser schöne Platz zum Zelten ein. Der Fluß, der dort eine Biegung macht, hat eine tiefe Stelle, wo man gut baden kann. Das ist immer sehr beliebt, denn man kann so seinen Tagesschweiß loswerden, und es schläft sich dann viel besser im Schlafsack.

Ein schönes Lagerfeuer hatte ich, und es war urgemütlich beim Abendessen. Ich war in Hochstimmung, da ich dem Urlaub noch eine zusätzliche Nacht draußen im Freien hatte abgewinnen können.

Es wurde jetzt dunkel. Ich legte noch ein paar Knüppel Holz aufs Feuer, um die Lagerstatt genü-

gend zu beleuchten. Da hörte ich plötzlich menschliche Laute. Was soll dies? Wer kommt denn jetzt noch in der Dunkelheit durch den Wald? Sind es Randalierer? Tunichtgute? Also, wenn es schlimm kommt, dachte ich, hau ich ab und laß alles stehen und liegen. Die sechs Meilen zum Auto schaffe ich leicht, ohne Gepäck.
Jetzt hörte ich Schimpfen und Fluchen. Ja, wollen die da etwa ein Stück entfernt von mir um die Ecke campen? Nein, jetzt kamen sie, ich konnte Pferde hören. Und da kam auch schon einer zu Pferde mit zwei Packtieren hinterdrein an meinem Lagerfeuer vorbei.
Also gehen sie weiter, das ist gut. Da hörte ich einen Tumult und Fluchen. Ja, was ist denn jetzt passiert? Und da kam dieser Junge, vielleicht vierzehn oder fünfzehn Jahre alt, zu mir und fragte, ob ich ein Licht hätte, eines seiner Packpferde sei ausgerutscht und in den Fluß gefallen. Ich hatte nur eine Laterne mit einer Kerze. Aber er war ganz glücklich darüber, denn seine Laterne hatte den Dienst versagt.
Der Gaul schien nur Hautverletzungen zu haben. Der Junge brachte alles wieder in Ordnung und band seine Pferde an einen Baum, dann kam er zu mir ans Feuer und erzählte, daß sein Vater und noch drei Cowboys auch unterwegs seien. Er hatte sie verloren und war deshalb so in Aufregung. Jetzt

wollte er sein Gewehr abschießen als Signal, damit die anderen wüßten, wo er sei.

Jetzt wurde die Sache für mich schon cowboyfilmähnlich. Ein gewaltiger Knall – es war wirklich kein kleines Gewehr. Aber keine Antwort. Ich dachte schon, jetzt werde ich diese Nacht meinen Platz mit diesem Jüngling teilen müssen. Da kamen aus dem Dunkel vier Reiter. Jetzt wurde es wie früher im Kino, ich glaubte zu träumen.

Die Leute waren in Freitag-Stimmung – alle gut angetrunken. Den Hintern des einen Pferdes mußte ich zur Seite schieben, denn ich hatte Angst, jeden Augenblick wird mein Zelt zertrampelt.

Endlich konnte ich dem Kerl die Sache klar machen und er brachte sein Pferd unter Kontrolle, dabei fiel er aber aus dem Sattel (betrunken wie er war). Alle bemühten sich jetzt um den Gestürzten und auch die Pferde – wie neugierige Menschen – kamen alle hinzu, um sich den Gefallenen anzusehen, als wollten sie fragen: „Bist du o.k.?"

Der Chef dieser Gruppe konnte sich trotz des vielen Alkohols immer noch verständlich machen. Mir wurde Schnaps angeboten, gleich aus der Flasche natürlich. Die ging im Kreis und später tat ich nur noch als ob ich tränke.

Der Gefallene wurde mit vereinten Kräften, unter vielem Fluchen, wieder aufs Pferd gesetzt. Und zu meiner Freude setzten sie ihre Reise weiter fort.

Anscheinend hatten sie ein bestimmtes Camp im Auge. Der Chef verabschiedete sich höflich, ähnlich wie in einem Cowboy-Film und entschuldigte sich für die Störung, die sie mir gebracht hatten und gab mir großzügig zwei dicke Zigarren. „Es tut uns leid, Ihre Abendstille unterbrochen zu haben." Damit zogen die Reiter ihres Weges.

In wenigen Minuten war wieder Totenstille. Ich setzte mich wieder an den Baum zu meinem Lagerfeuer, holte die dicken Zigarren hervor und rauchte in aller Seelenruhe eine dieser Cowboy-Zigarren. Die Zigarre war der Beweis: Es war kein Traum gewesen, sondern Wirklichkeit. Dabei habe ich auch gelernt, was ich noch nicht gewußt hatte, nämlich daß Pferde sehr gut ihren Weg auch in der Dunkelheit finden können. Wie ja auch im Schneesturm, wenn der Mensch die Orientierung verloren hat. Das Pferd findet seinen Weg nach Hause in den Stall – garantiert.

Der Timber-Wolf

Mein erstes Erlebnis mit dem Timber-Wolf (Canis lupus) hatte ich im Yukon-Territory Canada und Alaska. 1973 fuhr ich per Faltboot (Klepper Aerius) mit einem Ehepaar, das ein Kanu hatte und mich für diese erste Fahrt einlud, den Yukon hinab.
Wir machten die historische Strecke des Goldrausches von 1898. Zuerst den Chilkoot Paß zu Fuß und dann den Wasserweg von Lake Bennet bis Dawson im Yukon-Territory.
Für mich als Europäer war diese Einsamkeit der Wildnis wie der Besuch auf einem anderen Planeten. Es war einfach nicht zu fassen, daß es so etwas wie die „totale Stille" gab! Ich glaube, es gibt viele Menschen, die könnten diese Gewalt der Stille nicht einmal lange ertragen.
Nach fünftägiger Wanderung über den Chilkoot-Paß am Lake Bennet angekommen, mußten wir nun umsatteln von der Fußwanderung aufs Bootwandern.
Wir brauchten einen halben Tag dazu, und dann

begann die eigentliche Bootfahrt entlang der Strecke, die 1898 tausende in selbstgebauten Booten gemacht haben. Ein Wind kam auf und die Wellen wurden gefährlich, deshalb machten wir halt hinter einer Landzunge und campten für die Nacht.

Am nächsten Morgen war das Wetter überraschend gut und wir konnten die Zelte abbrechen und die Reise fortsetzen.

Wir hatten einen herrlichen Tag und fanden am Abend einen schönen Platz zum Zelten. Nach dem Abendessen hatten wir ein schönes Lagerfeuer unter sternklarem Himmel. Bald kam der Mond noch dazu. Es war als hielte die Natur den Atem an. Da meinte ich, uns fehle nur noch der Gesang der Wölfe. Und nur so aus Spaß stellte ich mich ans Feuer und machte das Wolfsgeheul nach, so gut ich es konnte.

Es klang gut in so stiller Nacht, ich war selber überrascht über meine Darbietung. Meine Freunde, die schon Erfahrung in der Wildnis hatten, meinten: „Mal ruhig, wir könnten darauf Antwort kriegen!" Ich hatte wirklich den richtigen Knopf gedrückt. Ein Wolf antwortete mit sehr musikalischem Geheul. Jetzt meldeten sich Wölfe von der entgegengesetzten Seite. Und ehe wir es uns versahen erschallte die ganze herrliche Mondlandschaft in jauchzendem Choral. Wer so etwas zum ersten Mal hört, wie ich damals, traut einfach seinen Ohren nicht. Es ist rauschende Musik, die bis an einen Bach-Choral heranreicht. Die kleinen Wölfe, die noch nicht singen konnten, bellten dazu kurzes, abgehacktes Staccato. Das klang wie bei Bach die „Ha-ha-ha"-Stellen.

Das dauerte vielleicht drei bis vier Minuten und dann war es wieder totenstill. Selbst der Mond schien sich über die Wölfe zu freuen. Ich habe so etwas später noch öfter erlebt, aber niemals mehr in dieser großartigen, einmaligen Weise.

Es gehört selbstverständlich auch die richtige Szenerie dazu. Höre ich einen Wolf im Zoo heulen, das hat keine Wirkung, man hört höchstens sein Heimweh heraus.

So ist dieser wilde Zeltplatz für alle Zeit in meiner Erinnerung geblieben, und der Timber-Wolf nimmt in meinen Erinnerungen einen Ehrenplatz ein. Wann immer ich seine Spuren sah – herrliche Fußabdrücke – oder seine Losung, überkam mich ein Gefühl der Ehrfurcht. Eine Ehrfurcht, die man nur in der Wildnis fühlt, im Land Gottes, wo der Mensch noch nicht regiert.

Und man ahnt, wie auch Europa noch vor tausend Jahren gewesen sein muß, wo man aus jedem Fluß und See trinken konnte.

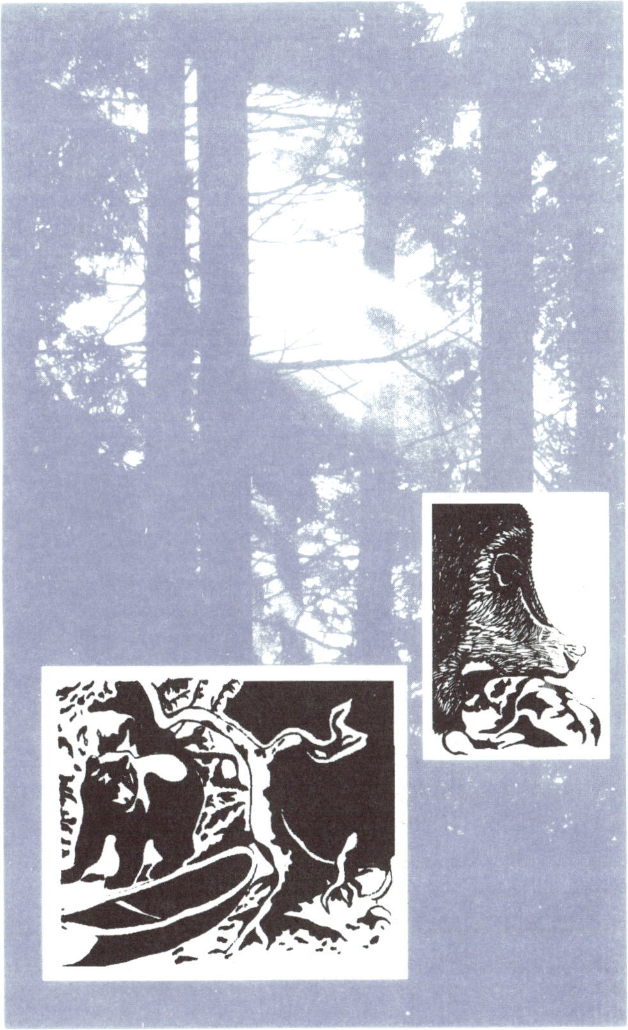

Die Bären-Geschichte vom Yukon

Im Jahre 1979 war es wieder soweit, um eine Fahrt auf dem Yukon zu machen. Ein Freund, noch aus der Schulzeit, wollte die Tour mit mir zusammen unternehmen. Also ging es los – Ende August – der Mücken wegen.
Wir flogen zunächst nach Whitehorse, wo wir Proviant besorgten, und setzten dann am Johnson Crossing in den Teslin über. Der Teslin ist ein sehr schöner Nebenfluß des Yukon, der bei den Ruinen von Hoorschinqua in den Yukon mündet. Der Teslin ist auch ein anmutiger Fluß, der sich viel Zeit läßt, weshalb die Reise auf ihm besonders schön ist. Nach fünf Tagen erreichten wir die Mündung. Man merkt sofort, wenn man von den mächtigen Armen des Yukon aufgenommen wird. Die Strömung beträgt dann oft mehr als zehn Kilometer pro Stunde.
Dann kamen wir nach Fort Selkirk, einem verlassenen Ort. 1952 wurde der Dampferverkehr dorthin völlig eingestellt und so entstanden einige Ghost

Towns (Geisterstädte) entlang des Yukon. Fort Selkirk ist wunderschön gelegen - auf der einen Uferseite erhebt sich eine gewaltige Basaltwand, die wie eine Festung erscheint. Mein Freund wollte da unbedingt hinauf, um die Landschaft auch aus der Vogelperspektive zu sehen.

So arbeiteten wir uns auf einem Nebenarm stromaufwärts, dort, wo die Strömung schwächer wird, um zu einer guten Ausstiegsstelle zu gelangen. Ich meinte noch, dies sei hier ein typisches Bärenland und wir sollten besser die Boote nicht allein lassen. Ich hatte auch schon einen Bären gesehen. Nun, da wir jedoch gerne auf den Basalt-Rücken wollten, dachten wir, eine halbe Stunde wird man die Boote schon allein lassen können. Und so stiegen wir auf. Es hatte sich gelohnt, die Aussicht war sehr beeindruckend.

Der Pelly River, ein Nebenfluß des Yukon, den ich 1975 schon einmal gemacht hatte, verläuft an dem Bollwerk der Basaltwand vorbei und mündet dort in den Yukon. Ein grandioser Anblick – soweit das Auge reicht nur Wildnis. Hier könnten einem Geister erscheinen und man würde dies als ganz natürlich und sehr passend empfinden.

„Sieh mal", sagte ich gerade, „unsere Boote da unten liegen da wie verlassene Pantoffeln! Mensch! Da ist doch ein Bär an meinem Boot!"
Mein Freund meinte darauf: „Ach was, das bildest

du dir nur ein, das ist die Wurzel eines umgestürzten Baumes." Aber er hatte ein kleines Fernglas dabei und sah hindurch: „Teufel, du hast recht, ein Bär, in der Tat!" Wir sprangen auf, stürzten so schnell es ging den Abhang hinunter, mit großem und immer lauter werdendem Geschrei, wodurch wir den Bären bluffen wollten. Denn Lärm und Geschrei mögen die Bären überhaupt nicht. Bald hatten wir unsere Boote erreicht und siehe da, ein Schwarzbär hatte sich über mein Boot hergemacht. Wir wagten nicht, näher hinzugehen, machten aber einen ohrenbetäubenden Lärm und schimpften, was das Zeug hielt. Schließlich hatten wir Erfolg. Langsam, sehr zögernd und offensichtlich ungern, zog der Bär ab und hatte bei seinem Fortgang noch einen Kilobeutel mit braunem Zucker im Maul hängen.

Hoffentlich waren wir noch rechtzeitig gekommen und das Boot war noch fahrtüchtig. Es schwamm noch, sah aber etwas demoliert aus, da der Schlauch auf der rechten Seite keine Luft mehr hatte (der Klepper-Aerius hat Luft-Schläuche an beiden Bordwänden). Der Bär hatte sich natürlich über meinen Proviant hergemacht, und wäre er nicht so leicht darangekommen, hätte er bestimmt das Boot zerstört.

Ein Kilogramm Käse war auch noch weg, außer dem Zucker. Zum Glück hatte ich aber noch Konservendosen an Bord. Uns wurde nun klar, wie wichtig es ist, daß man wenigstens zwei Boote bei so einer Reise zur Verfügung hat. Hätte der Bär mein Boot zerstört, wie wäre ich weitergekommen? Ist aber noch ein zweites Boot da, dann kann man mit diesem Hilfe holen lassen, während man im Zelt wartet. Man könnte natürlich auch warten, bis weitere Reisende den Fluß herunterkommen – aber das kann lange dauern. Am Abend, nachdem wir schon früh unser Lager aufgeschlagen hatten, nahm ich mein Boot auseinander und reparierte, was zu reparieren war. Am nächsten Morgen, als wir den Zeltplatz verließen, sah mein Kajak wieder gesund und seetüchtig aus. Wir waren also noch einmal mit dem Schrecken davongekommen.

So gern mein Freund auf dieser Tour auch weiterhin manchmal die Welt aus der Vogelperspektive gesehen hätte, wagte er nun auch nicht mehr, die Boote unbewacht zu lassen. Es wäre schon möglich, aber das bedeutet viel Arbeit. Man müßte dann alles Eßbare aus dem Boot herausnehmen und mit dem Seil hoch auf die Bäume ziehen, was nur bei Bäumen mit freistehenden Ästen möglich ist. Diese viele Arbeit, nur für einen kleinen Spaziergang von etwa ein bis zwei Stunden, das wäre dann doch des Guten zuviel.

Am Lagerplatz macht man sich immer ein Feuer und das ist viel wert, denn die Tiere wissen dann, da sind Menschen und meiden einen in der Regel. Aber für alle Regeln gibt es eben auch Ausnahmen. Die Ausnahme wäre z. B. ein nächtlicher Besuch von Mister Petz trotz eines guten Lagerfeuers. Und wie man mit einer solchen Situation fertig wird, kann niemand im voraus sagen. Eine Grundregel sollte jedoch immer bedacht werden: Keine Nahrungsmittel im Zelt aufbewahren!

Das Magic Camp

Meine erste Yukonfahrt wurde besonders interessant, weil sie ungewollt zur Doppelfahrt wurde. Von einem Ehepaar wurde ich eingeladen, die Fahrt mitzumachen, schon deshalb, weil es aus Sicherheitsgründen immer besser ist, zwei Boote zu haben.
In Whitehorse angekommen, erkärte mir die Frau am nächsten Morgen beim Frühstück, sie und ihr Mann würden erst nach Dawson fahren, um die Fair (Stadtfest) mitzuerleben. Sie hatten gerade davon erfahren. Ich saß da wie vor den Kopf geschlagen. Ich bin doch nicht 500 Meilen geflogen, um eine Fair mitzumachen. Ich wollte doch mit dem Kajak den Yukon runterfahren, das heißt, in der Wildnis sein.
Ich saß da an meinem Platz am Tisch, niedergeschlagen und enttäuscht. Hätte ich das gewußt, wäre ich gleich in Philadelphia geblieben, dachte ich noch, als mir der rettende Gedanke kam: Ich fahre alleine, der Yukon geht ja nach Dawson, und

dann habe ich gleich eine Party, auf die ich mich am Ziel freuen kann. Das könnte ja nicht besser sein. Als ich meinen Vorschlag unterbreitete, war die Frau erst dagegen, denn man sollte ja aus Sicherheitsgründen nicht alleine sein, sondern wenigstens zwei Boote haben. Nun gut, meinte ich, wenn ich auf so einer Fahrt umkommen soll, könnte ich mir das eigentlich nicht schöner vorstellen. Auf jeden Fall besser, denn als alter Mann im Krankenhaus zu sterben. Da sterben, wo man am liebsten ist, das ist doch ein Wunsch von vielen.
Als sie merkten, daß es mir ernst war, ließen sie mich in Ruhe. Der Mann meinte sogar, er könne eine Herausforderung darin sehen, die Fahrt solo zu unternehmen.
Also wurde alles arrangiert. Am nächsten Tag setzte ich mein Boot ins Wasser, und dahin ging es: „Auf Wiedersehen in Dawson!" Ich war damals im besten Alter und schaffte den Lake Lebarge an einem Tag. Erst als ich mein Camp am Abend machte, wurde ich mir der Einsamkeit bewußt. Nun wurde mir klar, daß es gar keine so einfache Sache ist, alleine zehn Tage so durch die Wildnis zu reisen. Das mit-sich-allein-sein bei allen Verrichtungen, Zelt auf- und abbauen, Feuer machen, kochen, essen, schlafen, immer alleine, Tag für Tag. Es wurde mir klar, warum man Gefangene für besondere Strafen in Einzelhaft nimmt. Einem

Europäer, der so etwas noch nie erlebt hat, kommt dabei leicht das Gruseln.

460 Meilen bis Dawson und nur ein Kajak! Wenn das Boot eine Panne hat? Lieber nicht darüber nachdenken. Tun, was zu tun ist, also paddeln! Am vierten Tag erreichte ich Carmacks, einen kleinen Ort, wo man noch einmal Proviant kaufen und sich bei der Polizei melden kann, damit sie einen suchen, falls man nicht zur angegebenen Zeit in Dawson erscheint.

Bald nach Carmacks wird die Strömung schneller, fast fünfzehn bis zwanzig Kilometer die Stunde, und dann geht es durch die berühmten „Five Finger Rapids" (Stromschnellen). Das war eine richtige Gaudi!

Nach diesem vielen Paddeln wurde ich doch am Ende des Tages recht müde und fing an, nach einem geeigneten Zeltplatz zu suchen. Meine Augen waren nun schon etwas geübt darin. Ich war gerade in einem Seitenarm des Flusses mit so gut wie gar keiner Strömung, als meine Augen das Ufer nach einer brauchbaren Übernachtungsstelle absuchten.

Da sah ich plötzlich in nur etwa zehn Meter Entfernung einen Luchs, der mich ganz erstaunt ansah. Ich wußte damals noch nicht, daß es ein Luchs war, das habe ich erst viel später erfahren. So ein Tier hatte ich noch nie zuvor gesehen, und so wurde die

Sache für mich geradezu zum Zauber-Märchen. Ich war ja alleine und konnte mit niemandem darüber reden. Ich staunte den Kerl an und sagte zu ihm: „Bist du ein hübscher Bursche!" Worauf er seinen Kopf ein bißchen drehte, wie ja auch Hunde das gelegentlich machen.
Man konnte ihm ansehen, daß er es hochinteressant fand, eine noch nie gesehene Kreatur wahrzunehmen. Kajak und Mensch – Fisch-Mensch-Geschöpf. Und weil ich alleine war, hatte er keine Furcht, er konnte mich ja genau im Auge behalten. Ich redete eine Weile mit ihm, und er drehte als Antwort immer wieder seinen Kopf ein bißchen, als wollte er noch besser hören, was ich ihm zu sagen hatte. Ich hätte noch lange bleiben können, aber es wurde spät und ich hatte immer noch kein Nachtquartier aufgestellt. Also mußte ich mich leider von diesem wunderschönen Tier trennen. Es rührte sich nicht und sah mir nach, bis ich es aus den Augen verloren hatte. Der Luchs war sozusagen der Auftakt gewesen für den verzauberten Ort, den ich bald auf meiner Suche nach einem guten Camp vorfinden sollte.
Ich trieb jetzt nur noch in der Strömung und meine Augen waren überall. Da, was ist denn das? Eine Blockhütte? Ein Schuppen? Das mußte ich sehen. Ich hatte hart zu paddeln, um das Boot aus der Strömung zu bringen und dicht am Ufer mich langsam

stromaufwärts zu arbeiten. Was fand ich vor? Wasser, ein kleines Bächlein und einen noch gut zu erkennenden Weg, der zu einer Anhöhe führte, auf der ich das Gebäude gesehen hatte. Es war jetzt wirklich wie im Märchen. Der Luchs hatte mich gut vorbereitet. Der Weg führte zu einem offenen Platz, wie auf einen kleinen Hof. Es war ein wunderschöner Platz, er konnte nicht besser sein. Und da stand sie – die Hütte – nein keine Hütte mehr – einst wohl ein Blockhaus. Das Dach war eingestürzt, der Trinkbecher hing noch am Nagel neben der Tür, eine Jacke hing an der Innenwand. Draußen stand ein Pferdeschlitten. Eine Säge hing an der Außenwand. Es war ein richtig verzauberter Ort, und wir nannten ihn deshalb später, als ich bei der zweiten Fahrt mit meinen Freunden vorbeikam, nur noch „Magic Camp".

Ich machte Feuer, kochte Essen, baute mein Zelt auf und war der König auf dem eigenen Schloß. Die Stelle gefiel mir so gut, daß ich bis nach Mitternacht am Feuer saß. Ich war richtig verliebt in diesen Ort. Am nächsten Morgen frühstückte ich ausgiebig, rauchte noch eine Pfeife, um den Abschied hinauszuzögern. Später erfuhr ich, daß es ein Wood-Camp gewesen war, das bis 1952 Feuerholz hergestellt hat für die Raddampfer (Sternwheeler), die auf dem Yukon bis 1952 einen geregelten Schiffsverkehr betrieben.

Der Cascade-Bär

Bei einer anderen Wanderung in den Cascade Mountains traf ich mit einem Bären zusammen. Beim Wandern mit dem schweren Rucksack mit Proviant, Zelt, Schlafsack und sonstiger Ausrüstung ist einem jede Entschuldigung gut genug, um diese Last mal abzulegen und verschnaufen zu können.

So stieg ich meinen Wanderpfad bergan und kam zu einer Lichtung, wo es Blaubeeren gab. Da war nicht viel zu überlegen, der Packen wurde sofort abgelegt, und ich fing an, in den Blaubeeren zu „grasen".

Köstlich – ich aß mich voll – erfrischt und gesättigt ging ich wieder ins Geschirr. Noch ein Schubser und der Rucksack saß wieder an gewohnter Stelle. Da hörte ich jemand kommen. Oh gut, da gibt es ein Schwätzchen und ich kann mir gleich ein bißchen Information einholen über das, was vor mir liegt.

Genau an der Serpentinen-Kehre hörte der Wald

auf und wer von oben herunterkam, trat in der Kehre, wie durch ein Tor, plötzlich ins Freie des Blaubeerenhanges. Jawohl, der Jemand kam auch herunter auf dem Pfade, und genau in der Kehre (Torbogen) blieb er wie angewurzelt stehen. Ein Schwarzbär stand da, und wir schauten uns an von Angesicht zu Angesicht. Er war sicher auch auf dem Weg zu den Blaubeeren gewesen. Auch ich stand fest wie angewurzelt. Uns trennten rund fünf bis sechs Meter. Auge in Auge – das war eine Begegnung, in der Tat. Ich stand da wie aus Erz gegossen und hörte mein Herz laut schlagen. Es schien wie eine Ewigkeit, da nahm der Bär die Nase etwas höher und schnüffelte die Luft ab. Darauf fing er an, ganz lässig, und als wäre er furchtbar gelangweilt, den Kopf leicht abzudrehen. Er tat so, als würde ich für ihn nicht mehr existieren und wendete sich ganz langsam ab in die Büsche. Erst als er außer Sichtweite war, türmte er mit lautem Krachen durch das Unterholz davon. Später sprach ich mit Jägern über dieses Erlebnis. Sie sagten, ich hätte mich sehr richtig verhalten. Man muß stehenbleiben, darf auf keinen Fall weglaufen. Auch der Bär hätte sich typisch verhalten. So tun, als langweile ihn die ganze Sache, aber in Wirklichkeit hätte er noch mehr Angst gehabt als ich. Die Bären müssen immer bluffen. Und dieser Bär hatte eine meisterliche Darbietung eines tollen Bluffs geleistet. Ein wahrer Meister Petz! In der Nacht träumte mir, ein Bär hätte sich auf mein Zelt gesetzt, und ich konnte das Gewicht nicht abschütteln. Für mich ein Beweis, daß dieser Vorfall auch auf mich einen gewaltigen Eindruck gemacht hatte. Aber dies ist das Gewürz, der Pfeffer, welches die Wildnis so interessant macht.

Ein gewisses Risiko muß eben überall sein, sonst fällt der Reiz ganz weg. Und das gibt dann die große Befriedigung, es trotz des Risikos geschafft zu haben.

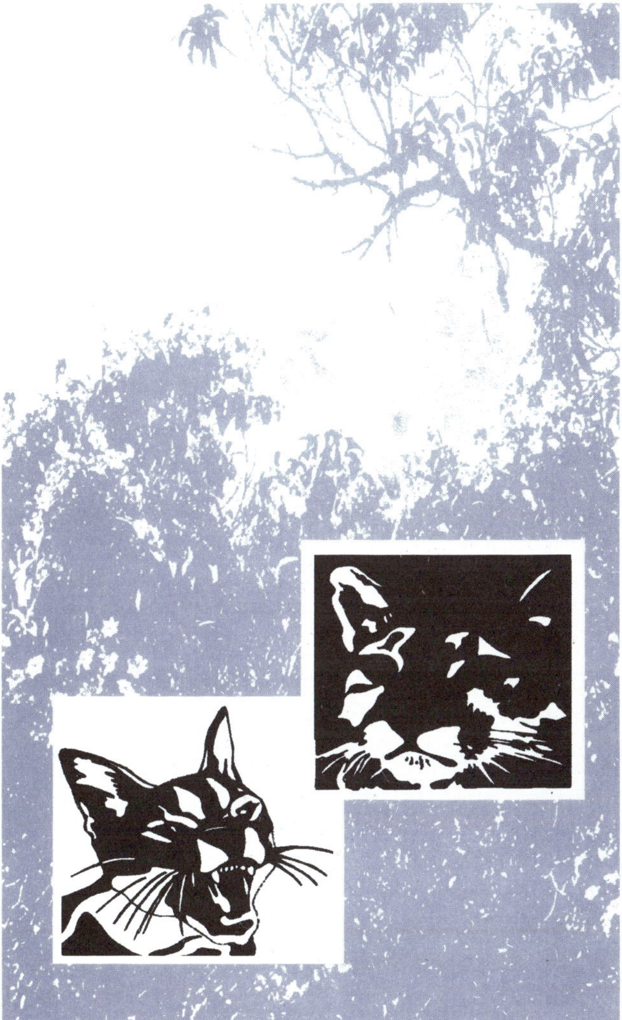

Der Luchs

Am nächsten Morgen, nach einem herzhaften Frühstück am gemütlichen Lagerfeuer, ging die Fahrt weiter. Wir kamen bald zu dem wunderschönen Lake La Berge, berühmt geworden durch Robert Service: „The Cremation of Sam McGee", einer herrlichen Dichtung über den kalten, eisigen Norden.

Durch diese Ballade bekam der See für uns fast etwas Mystisches. Wir mußten zweimal campen, um den See abzufahren.

Ich kann mich noch sehr gut an unsere Übernachtung am Ende des Sees erinnern. Es war wie im Märchen, dunkel und ein wenig zum Gruseln. Ein gutes Feuer wird die unerwünschten Besucher schon fernhalten, hofften wir.

Nun waren wir ja zunächst erst einmal beschäftigt mit Ausladen, Zelte aufstellen, Feuerstelle bauen, um uns dann häuslich niederzulassen. Das Essen schmeckte wie immer köstlich, wenn man den ganzen Tag an der frischen Luft war.

Ich lehnte mich gerade zufrieden an einen Baum mit meinem „Nachtisch" – einer Pfeife und einem Becher Tee – und genoß das Lagerfeuer. Nun, wie das oft so ist: man sieht nichts, man hört nichts und hat trotzdem das dumpfe Gefühl, daß da jemand ist. Man dreht schließlich den Kopf, um zu sehen, was diese Gefühlsregung zu bedeuten hat.
Steht doch da der König persönlich, in dessen Reich wir eingedrungen waren. Ein Luchs, in seiner ganzen Majestät, wie sie nur die Tiere in der freien Wildbahn haben, steht da und sieht uns an, als wollte er fragen, ob wir die Erlaubnis hätten, in seinem Revier zu zelten, oder wer uns diese Erlaubnis gegeben hätte?
Wir hatten ein Gefühl wie Kinder, die beim Äpfelstehlen vom Nachbarn erwischt worden waren.
Jede Bewegung dieses königlichen Tieres war eine Augenweide. Nachdem es mit seiner Inspektion fertig war, zog es sich mit langsamen, feierlichen Schritten in den Wald zurück, das heißt, es entzog sich unserem Gesichtskreis, denn wir waren ja bereits im Wald.
Wir saßen noch lange am Feuer. Keiner hatte Eile, in sein Zelt zu kriechen. Da es eine stille Nacht war, ließen wir das Feuer brennen. Kaum eingeschlafen, wurde ich von einem durch Mark und Bein gehenden Geschrei aufgeweckt. Ich konnte das Schreien nicht aushalten, kroch wieder aus dem Zelt, ging

zum Feuer und legte noch mehr Holz auf, um die Nacht zu erhellen. Den anderen ging es wie mir, sie kamen auch zum Feuer, denn in dieser Nacht spukte es sehr. Als es mit dem Geschrei zu Ende war, und sich alles wieder beruhigt hatte, gingen wir langsam wieder schlafen.

Wir nahmen an, daß wir den Luchs auf seiner Jagd gestört hatten, als wir dort am Abend auftauchten, was auch seinen Besuch bei uns im Lager erklärt. In der Nacht setzte er dann seine Jagd fort und hat sicher ein Tier erlegt, durch dessen Todesschreie wir so unangenehm geweckt wurden.

Doch das gehört alles zum Camping in der Wildnis. Die meisten Nächte verlaufen ohne jegliche Störung, aber ab und zu gibt es etwas Abenteuerliches, das man nie mehr vergißt. Hier auch beim Luchs wirkte alles deshalb so tief auf uns ein, weil es die richtige Umgebung und Atmosphäre hatte.

Das gleiche hätte in einer zivilisierten Gegend wenig Wirkung gehabt. Ein Gewitter ist erst richtig unheimlich durch seine furchterregenden schwarzen Wolken.

Die rettende Blockhütte

Im Jahre 1980 wollten zwei Freunde aus meinem Fahrrad-Club den Yukon befahren und wollten mich gerne dabei haben, da ich inzwischen schon mehr oder weniger ein „Yukonist" war durch meine Erfahrung auf und entlang diesem Fluß. Nun ja, ich ließ mich überreden, denn wann hat man schon Freunde, die eine solche Fahrt wirklich machen wollen? Wir flogen also von Seattle nach Whitehorse. Dort wohnten wir in einem Hotel, um alle Vorbereitungen zu treffen. Jeder hatte sein eigenes Boot. Ein Boot aufbauen, alles verstauen und seetüchtig machen, dauert schon einen halben Tag. Am zweiten Tag stießen wir endlich am späten Nachmittag, da wir eine weitere Übernachtung im Hotel sparen wollten, von Whitehorse ab – die Reise konnte beginnen.

Wir fuhren nur etwa zwei Stunden und schlugen dann unser erstes Nachtlager auf. Es ist immer eine besondere Freude, wenn man die lästige Arbeit mit den Vorbereitungen erledigt hat und endlich mit dem eigentlichen Urlaub beginnen kann: dem Aufenthalt in der Wildnis!

Am nächsten Tag erreichten wir schon den Lake Lebarge. Einen schönen Zeltplatz fanden wir auch. Der darauf folgende Tag war wohl der schönste des ganzen Urlaubs. Doch das wußten wir zu diesem Zeitpunkt noch nicht. Wir sprachen später oft davon, denn das Wetter wurde plötzlich sehr ungemütlich, und es wurde bitter kalt. Die winterlichen Temperaturen kamen einen Monat zu früh in diesem Jahr. Alle, die wir trafen, bestätigten das.

Nach diesem letzten Sommertag am und auf dem Lake Lebarge fing eine harte Prüfung für uns an. Vor allem mußte man sich jetzt immer warm anziehen, es ging die meiste Zeit ein kalter Wind. In Carmacks angekommen, nutzten wir die Gelegenheit, eine letzte Mahlzeit im Restaurant einzunehmen. Es gab gerade „Smörgasbord", wo man für einen bestimmten Preis soviel essen kann, wie man will. Wir waren nun bereits vier Tage unterwegs und durch das kalte Wetter und die frische Luft richtig ausgehungert. Als wir das vierte Mal an den Tisch gingen, um unsere Teller zu füllen, meinten die Leute vom Nachbartisch: „Ihr müßt ja fast verhungert sein". Sie staunten über die Mengen, die wir wegputzen konnten. Doch wir wußten, daß es bis Dawson keine zivilisierte Mahlzeit mehr geben würde. Also aßen wir sozusagen auf Vorrat. Am

Abend konnten wir übrigens nichts mehr essen. Ich machte mir am Lagerfeuer nur Tee und rauchte eine Pfeife dazu. Das war das ganze Abendbrot nach diesem gewaltigen Smörgasbord-Essen. Aber wir waren alle drei richtig froh, daß wir noch einmal so tüchtig haben „auftanken" können. Es war sicher eine große Hilfe, um über die uns bevorstehenden kalten Tage zu kommen.

Am nächsten Morgen hörte ich schon in der Dämmerung die Gänse trompeten. Ich kroch aus meinem Zelt und sah am Himmel die Formationen der Wildgänse gen Süden fliegen. Es hörte gar nicht mehr auf und während wir frühstückten, hatten wir als Begleitmusik das Konzert der Gänse.

Aber wir wußten auch, dies bedeutet schlechtes Wetter. Es ist so, als würde das Barometer fallen. Der Morgen auf dem Wasser wurde dann auch dementsprechend. Der Wind blies stark stromaufwärts und uns immer ins Gesicht. Zu Mittag fing es auch noch an zu schneien. Wenn die Schneeflocken einem immer direkt in die Augen fallen, kann man fast nichts mehr sehen. Jeder schimpfte unter seiner Mütze vor sich hin und verkniff das Gesicht. Mit einem Mal konnte ich etwas erkennen. An einem kleinen Nebenfluß, in der Nähe einer Wasserbucht erkannte ich eine Stelle wieder, wo sich eine Blockhütte befinden mußte. Ich rief den anderen zu, daß ich an Land ginge, da ich einen guten

Platz für eine Brotzeit wüßte. Ich mußte hart paddeln, denn die Strömung war nun sehr stark, und ich wollte mich am Ufer nicht lange stromaufwärts quälen müssen.

Ich schaffte es, mein Boot lag genau an der Stelle – ich erkannte das Gelände wieder – wo ich vor zwei Jahren schon einmal angelegt hatte, damals jedoch bei Sonnenschein. Meine Freunde folgten mir und mußten nun gegen die Strömung arbeiten. Einer stolperte sogar beim Aussteigen über einen Stein und fiel ins Wasser. Ich rief ihnen voller Freude zu: „Wir haben eine Hütte, bei diesem Wetter auf jeden Fall besser als ein Zelt!" „Wo ist die Hütte?" „Kommt mit, ich zeige sie euch." Ein kleiner Pfad führte in den Wald. Noch zwei Schritte und wir standen vor der Hütte. Da jubelten auch meine beiden Kumpane. Einen besseren Zeitpunkt hätten wir uns für diese Hütte nicht aussuchen können. Wir gingen sogleich daran, Feuerholz zu schneiden und eine halbe Stunde später brannte es im Ofen und der Rauch, der aus dem Schornstein stieg, verwandelte die Hütte in ein lebendiges Wesen. Der naß gewordene Kamerad blieb wie angewachsen den ganzen Nachmittag neben dem Ofen sitzen und sorgte so dafür, daß die Türe immer geschlossen blieb. Als wir uns zum Abendessen niederließen, war die Hütte angenehm warm. Jedenfalls kam es einem so vor, wenn man von dem kalten

Schneetreiben draußen hereinkam. Wir verbrachten noch zwei Nächte in der Hütte, weil sich das Wetter am nächsten Tag immer noch nicht gebessert hatte.

Immer wieder sprachen wir davon, welch tolle Hütte wir für den Schneesturm hatten, sogar mit Ofen, als hätten wir sie vor der Reise bestellt. Wir hatten einfach Glück gehabt. Oder hatten wir einen guten Schutzengel?

Die meisten Leute lachen wohl darüber, aber Menschen, die viel in der Natur und Wildnis gewesen sind, halten das durchaus für eine plausible Erklärung. Es gibt für uns so etwas wie Schutzengel, Instinkt oder unbewußte Fügung.

Das Nordlicht

1978 waren wir wieder einmal auf dem Yukon und dem Steward River unterwegs. Da trafen wir sogar einen echten Goldgräber, der natürlich etwas moderner ausgerüstet war, als die Leute damals um 1898. Wir kamen mit ihm ins Gespräch. Ja, meinte er, es lohne sich schon für ihn. Er würde zwar nicht mehr Geld aus seinen Goldfunden machen, als ein Arbeiter Lohn empfange. Aber er wäre frei in der Wildnis und sein eigener Herr. Es gefiele ihm sogar sehr gut so.
Da der Steward River relativ kurz ist, war es nur eine Woche Fahrt. Ich wollte aber meine Urlaubszeit voll ausnützen und so entschloß ich mich, noch die Strecke Carmacks – Dawson alleine zu paddeln, während meine Freunde noch Bekannte besuchen wollten.
Also fuhr ich mit dem Bus bis Carmacks und setzte mein Boot zusammen für eine Fahrt allein. Eine Solo-Fahrt hat den besonderen Vorteil, daß man mit der Natur alleine ist und durch niemanden

abgelenkt wird. Mit anderen Worten, die Natur erlebe ich anders, unmittelbarer, wenn ich alleine bin, wie zusammen mit Freunden.

Nun, diese Fahrt ist mir besonders in Erinnerung geblieben, des Nordlichtes wegen. Ich hatte einen schönen Platz zum Zelten gefunden. Schon beim Abendessen merkte ich, daß es empfindlich kalt wurde. Ich zog meinen Anorak an und legte noch mehr Holz auf das Lagerfeuer. Trotz des warmen Feuers merkte ich, wie mir die kalte Luft von oben an die Schultern faßte. Wenn die Schultern trotz des Feuers kalt bleiben, weiß man, daß eine kalte Nacht bevorsteht.

Aber wie so oft sind kalte Nächte fürs Auge oft auch die schönsten. Und so war es auch in dieser Nacht. Langsam erleuchteten die Sterne den Himmel. Die Schönheit steigerte sich von Stunde zu Stunde. Ich war so von dem Zauber eingefangen, daß ich mich nicht vom Lagerplatz lösen konnte, um ins Zelt zu kriechen.

Der warme Schlafsack winkte mir zwar zu, aber ich sagte mir, solche Nächte in der Wildnis hast du nur ein paar in deinem Leben, die mußt du auskosten. Ich hatte mich richtig entschieden. Um Mitternacht kam das erste Nordlicht am Himmel auf. Und kurz darauf begann ein Leuchten mit gewaltigen Schleierbewegungen, wie ich es noch nie gesehen hatte. Dies war für mich ein ganz neues Erlebnis. Eine Gänsehaut lief mir den Rücken hinunter, und hätte ich nicht gewußt, daß dies das Nordlicht sein muß, hätte ich mir leicht einbilden können, daß es der Weltuntergang ist, indem das ganze Firmament einstürzt oder die Erde zerfällt oder ähnliches. Hier stand ich mitten in der Nacht allein am Yukon und sah ein Wunder von Nordlichtpracht, wie ich es wohl nur einmal im Leben sehen werde. Ich blieb noch eine volle Stunde auf, ehe mich die Kälte in den Schlafsack trieb. Aber ich war mir voll bewußt, daß der gute Geist vom Yukon mir zuliebe dieses Geschenk gemacht hatte, weil er wußte, ich würde es würdigen und zu schätzen wissen und es in meiner Erinnerungsliste wie ein kostbares Juwel bewahren.

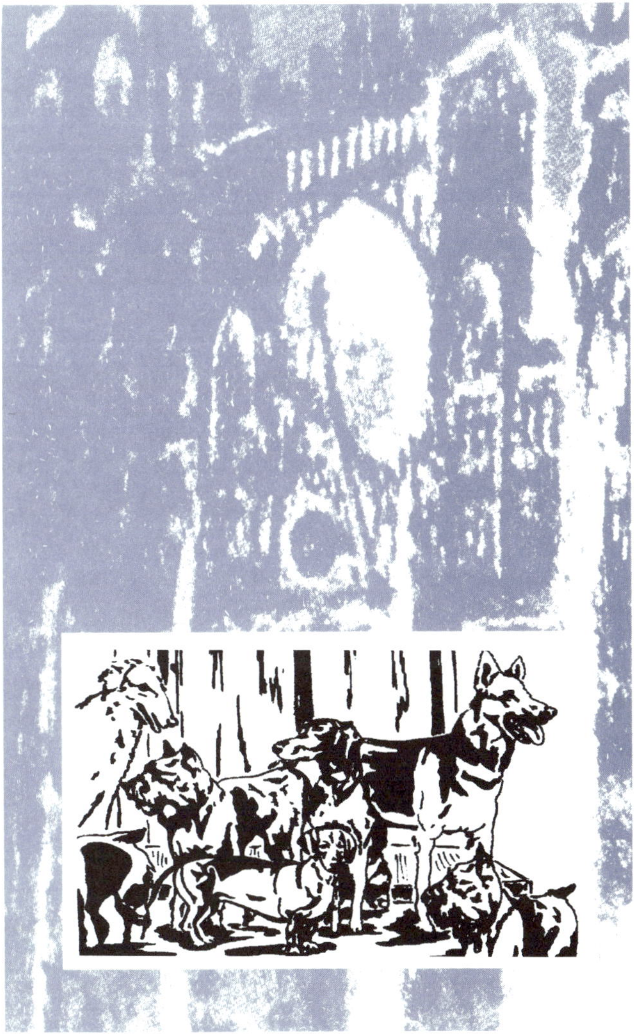

Hunde-Choral

Hier ist eine nette kleine Geschichte, die einmalig ist in ihrer Art, auch weil ich nie wieder so etwas erlebt habe. Es war Mitte der sechziger Jahre. Da machte ich eine Wanderung mit Freunden in den französischen Jura mit Zelt-Kote. Die Hetze der Städte fehlte, Dörfer waren noch Dörfer.
In einem netten kleinen Ort machten wir Mittagspause und kauften dort noch einige Sachen, um unsere Brotzeit geschmacklich etwas anzureichern. Am urigen Dorfplatz ließen wir uns nieder, an einem Brunnen, gleich gegenüber der Kirche, zu der ein Treppenaufgang führte, da sie etwas höher gelegen ist. Es war wie eine Freilichtbühne: Die Kirche mit ihrem Vorplatz die Bühne – und weiter unten, auf dem Dorfplatz, der Zuschauerraum. Wir waren gemütlich beim Schmausen und Scherzen, als ein Hund des Weges kam.
Jemand wollte mit dem Hund spielen, doch der ließ sich nicht ablenken von dem, was er vorhatte. Da kamen schon wieder zwei Hunde – aha, die

merkten, daß es hier bei uns etwas zu essen gibt! Aber nein, sie gingen ebenfalls ihres Weges, wir wurden gar nicht beachtet. Ein weiterer Hund kam aus der entgegengesetzten Richtung... und noch einer... und noch einer. Ein Kommentar aus unserer Gruppe: „Mensch, gibt es viele Köter in diesem Dorf!"
Durch diese Bemerkung aufmerksam geworden, sahen wir, wie die Hunde ganz gemächlich die Steintreppe auf den Vorplatz zur Kirche hinaufstiegen. Schon wieder kamen zwei Hunde daher, von einem dritten gefolgt, und schlossen sich den anderen an. Wir wurden richtig neugierig. Ja potz Blitz, was gibt es denn dort? Und so ging es weiter – wirklich viele Köter in diesem Dorf!
Alle Hunde versammelten sich schließlich auf dem Platz vor der Kirchentüre, wohl an die zehn bis zwölf Tiere. Und wie ich schon sagte, weil die Kirche erhöht war, mit Treppenaufgang vom Dorfplatz her, wirkte alles wie eine Bühne.
Wir kamen aus dem Staunen nicht mehr heraus, denn gefüttert wurden die Hunde nicht. Was ist dann aber der Grund für die dörfliche Hundeversammlung?
Jetzt begannen die Mittagsglocken zu läuten. Wie auf Kommando stellten sich alle Hunde in Pose und fingen an, im Chor zu heulen, ähnlich wie Wölfe es tun. Wir waren so beeindruckt, daß wir das

Essen für eine Weile vergaßen. Vielleicht blieb einigen sogar der Mund offen vor Staunen? Aber wir hatten ja keine Augen fürs Publikum, denn alle Aufmerksamkeit war auf die „Bühne" gerichtet.

Als die Glocken schwiegen, hörten die Hunde mit ihrem „Chorgesang" sofort auf. Und wie Leute, die aus der Kirche kommen, gingen sie ihres Wegs, so wie sie gekommen waren, einzeln, zu zweit oder zu dritt.

Das Dorf war wieder genauso, wie wir es vorgefunden hatten. Die mittägliche Show war vorüber.

*Was sonst die warme Stube,
ist in der Wildnis das Feuer*

Hier eine kleine Geschichte, die vielleicht erklärt, warum ich das Feuer so liebe.
Es war im Jahre 1975, auf unserer großen vierwöchigen Fahrt den Pelly River hinunter bis hinauf zum Fort-Yukon, wo der Yukon einen Knick von 90 Grad macht und von Nordwesten nach Südwesten schwenkt.
Nach fast vier Wochen Fahrt war man schon ziemlich wetterfest geworden. Wir waren am Polarkreis angekommen, als ein scheußlich nasser Schnee fiel, obwohl wir erst den 7. September schrieben. Dieser nasse Schnee ging einem bis auf die Knochen. Außerdem wehte ein unangenehmer Wind.
Ich war begierig auf der Suche nach einem geeigneten Platz zum Campen. Wenn man im Kajak sitzt, hat man lange Hosen an, das bedeutet, daß nur der Oberkörper dem Wind und Wetter ausgesetzt ist. Um das Ufer und das Gelände nach einem passenden Platz abzusuchen, mußte ich aber das Boot ver-

lassen. Da merkte ich erst, wie kalt es war, wie mich der Wind total erfassen konnte ohne Schutz des Bootes. „Nein, der Platz taugt nichts!" rief ich den anderen zu. Ich stieß ab und ließ mich von der Strömung treiben, um nicht zu schnell zu sein, falls ich etwas Geeignetes sehen sollte. Aber dieses Stillsitzen im Boot half mir beim Frieren nichts, im Gegenteil, es wurde noch schlimmer. Ich hatte nun schon Angst vor dem Aussteigen, weil meine Glieder mir kaum noch gehorchten.

Beim dritten Halten wußte ich, daß ich nicht mehr weiter konnte, und daß wir den nächstbesten Platz nehmen müssen. Ich mußte auf alle Fälle meine Körpertemperatur als erstes wieder auf den Normalwert bringen. Gott sei Dank war dieser Platz brauchbar, und so rief ich den anderen zu: „Ist o. k.!" Ich ging gar nicht mehr ans Ufer hinunter, wo der Wind am stärksten war. Jeder Baum, jeder Busch und Strauch war eine Hilfe, immerhin ein kleiner Schutz gegen Wind und Kälte.

In meinem Kopf gab es nur einen Gedanken: Feuer! Feuer! Und das schnell, sehr schnell. Feuer machen ist selbstverständlich kein Problem mehr für mich, aber dieses Mal gab es ein fast unüberwindliches Problem: wie sollte ich das Streichholz ankriegen?

Haben Sie schon mal versucht, ein Streichholz anzureißen, wenn Hand, Finger und Arm vor Kälte

kaum noch beweglich sind? Nach großer Anstrengung gelang es mir schließlich, ein Streichholz anzuzünden. Ich hatte es geschafft, und im Nu brannte mein Feuer. Als die anderen vom Ufer heraufkamen, um sich den Platz anzusehen, waren sie sehr erstaunt, schon Feuer vorzufinden. Ich legte noch mehr Holz auf und hatte bald eine meterhohe Flamme. Jetzt stellte ich mich so nah wie möglich ans Feuer. Die nasse Kleidung fing bald an zu dampfen. Es wurde wärmer und immer mehr Dampf kam, da ich mich am Feuer drehte, wenn es mir zu heiß wurde. Schon nach einer Viertelstunde war ich nach dieser Behandlung wieder funktionstüchtig. Ich konnte jetzt mein Boot auspacken, das Zelt aufbauen und den Haushalt besorgen.
Nach einem guten Essen wurde es bald urgemütlich an unserem herrlich warmen Lagerfeuer. Wenn einer zum Boot mußte, fragten wir jedes Mal: „Wie ist das Wetter da draußen?"

Moose – der amerikanische Elch

Wie ich schon erzählte, bin ich 1973 die Strecke Whitehorse – Dawson allein gefahren. Dann machte ich mit meinen Freunden den Chilkoot-Paß und den Wasserweg auf der Goldrauschstrecke von 1898 von Lake Bennet nach Dawson. Von Whitehorse ab war ich ja nun kein „unbeschriebenes Blatt" mehr, und wir konnten unsere Tage so einteilen, daß wir meistens gute Übernachtungsplätze hatten. Natürlich haben wir auch in dem „Magic Camp" haltgemacht.
In dieser Nacht bekam ich einen großen Schrecken. Ein Tier war am Lagerplatz, ich konnte es deutlich hören, sogar der Topf fiel um und schepperte laut. Oh weh, jetzt haben wir einen Bären im Lager, dachte ich. Da ist es am besten, zu bluffen und ohne viel zu überlegen, rief ich so laut ich konnte: „Hau ab! Mach dich raus, du Lümmel!"
Panik brach aus, das Tier ergriff die Flucht und stürzte die Uferbank hinunter in den Fluß. Man hörte deutlich das Planschen. Ich wußte immer

noch nicht, was es war, aber meine Freunde, die auch aufgeschreckt worden waren, sagten mir, es sei eine Moose-Kuh gewesen. Sie mußte sich sehr erschreckt haben, denn die Uferbank war an dieser Stelle mehr als haushoch und es ging sehr steil hinunter zum Fluß. Das Moose mußte ja geflogen sein.

Am Morgen freuten wir uns, daß wir so gut davongekommen waren. Nach einem ausgedehnten Frühstück in diesem göttlichen Paradies, und nachdem alles wieder gut verpackt in den Booten lag, setzten wir um neun Uhr ins Wasser. Es war immer wieder ein herrlicher Augenblick, diese ersten Paddelschläge am Morgen. Ein neuer Tag lag vor uns. Was wird es heute geben? Wir sprachen noch von der letzten Nacht und dem Moose-Besuch, als ich ein Moose mit großartigem Geweih gerade ans Ufer eines Nebenarmes treten sah. Da ich genau an der Abzweigung war, überlegte ich nicht lange und rief meinem Freund zu, ich würde den Nebenarm befahren: „Moose!"

Ich kam gerade noch zur rechten Zeit, um dieses königliche Tier den Fluß durchwaten zu sehen. Dampfend stand es eine Weile am Ufer, sah mich dabei an und verschnaufte. Es sah müde aus, wie jemand, der von einer großen Bergtour zurückkommt. Nach der Verschnaufpause zog es wieder weiter auf seiner Spur, mit dieser majestätischen

Lässigkeit. Die Bewegungen der Tiere in freier Wildbahn sind geradezu frappierend. Die Koordination der Glieder und die Bewegungen sind wie ein perfekter Tanz oder ein großes Ballett. Der Tanzmeister ist Gott, die Tiere der Wildnis haben Gott zum Tanzmeister.

Nun, das Moose war weg, wohin sollte ich jetzt? Ich dachte mir, solange der Fluß befahrbar ist, also tief genug für mein Kajak, fahre ich weiter, früher oder später komme ich dann wieder zum Hauptstrom und zurück zu meinen Freunden. Und sieh da, nach drei bis vier Kilometern sah ich schon den Hauptstrom und war bald an der Mündung.

Jetzt kam das Problem: Wo sind meine Freunde geblieben? Haben sie gewartet oder sind sie schon weiter? Ich beschloß, erst eine Weile zu warten und rief dann langgezogene Laute, die gut tragen und hoffte, gehört zu werden. Keine Antwort, nur absolute Stille – eine himmlische Stille –, die es nur in der Wildnis gibt. Da merkt man plötzlich, wie allein man ist. Ich rief noch einmal so laut ich konnte, die Hände als Schalltrichter am Munde. Totenstille – dann antworteten zwei Wölfe und sagten mir, du bist nicht allein, höre auf zu jammern, störe die Mittagsruhe nicht, wir sind auch noch hier.

Was mache ich, wenn wir uns verloren haben? Gott sei Dank hatte ich mein eigenes Zelt. Aber hatte ich

auch genügend Lebensmittel? Wir machten bei der ersten Fahrt ja noch gemeinsame Küche.
Also setzte ich die Reise alleine fort. Als ich später in Steward ankam, erzählte ich mein Mißgeschick. Ich wurde getröstet. Es käme öfter vor, daß die Leute sich bei diesen vielen Inseln und verzweigten Flußarmen verlören. Meine Leute würden sicher noch am Abend eintreffen.
Sie trafen auch ein, todmüde und völlig durchnäßt. Sie hatten sich auch Sorgen gemacht, denn ein Moose kann gefährlich werden.
So entschieden sie sich, lieber zurück zur Gabelung stromaufwärts zu paddeln und den Nebenarm hinunter zu fahren wie ich, falls ich Hilfe bräuchte. Wer den Yukon kennt, weiß was das für eine Arbeit ist, stromaufwärts mit vollen Booten. Ich war sehr beeindruckt von so einer fürsorglichen Freundschaft. Wir feierten dann am Abend auch groß mit Wein und Spaghetti.
Auf Steward Island konnte man ja begrenzt einkaufen. Aber nach diesem Erlebnis habe ich mir vorgenommen, immer selbst ein Boot mit vollkommener, unabhängiger, individueller Ausrüstung zu haben. Jeder hat sein eigenes Zelt, seine eigene Verpflegung, usw. Bei allen Fahrten haben wir uns dann immer konsequent daran gehalten. Man muß ja sein Zelt nicht immer aufbauen, aber man hat es, sollte man durch irgend etwas von der

Gruppe getrennt werden.

So ist aus der Moose-Geschichte eine Geschichte mit zweifacher Moral geworden. In der Wildnis gibt es in der Regel keine Menschen, die man fragen kann: „Haben Sie jemanden mit einem Kanu vorbeifahren sehen?" In der Wildnis gelten ganz andere Regeln. Es ist eine ganz andere Welt.

Für mich ist sie wie ein anderer Planet, manchmal direkt zum Gruseln schön, ein bißchen Angst vor dem Ungewohnten, aber das ist ja zugleich auch wieder der Reiz an der Sache. Es ist auch gefährlich, einen schwierigen Berg zu besteigen, aber hat man's geschafft, ist es eine enorme Befriedigung.

Kentergeschichten

Die Kanufahrten auf den Zedernflüssen in den Pine Barrens von New Jersey waren mit Überraschungen nur so gespickt. Plötzlich ein Baumstumpf, oder ein unter der Wasseroberfläche versteckter Ast konnten das Kanu im Nu zum Kentern bringen.
Aus diesem Grunde wurden alle Ausrüstungsgegenstände im Boot immer fest angebunden, damit nichts verlorengehen konnte.
Kleider, Schlafsack und Zelt wurden in einen wasserdichten Sack gestopft, denn auf fast jeder Fahrt mußte ein Boot daran glauben und die nassen Insassen hatten dann am Lagerfeuer ihre Beschäftigung, sich mühsam wieder zu trocknen. Ein weiteres Hindernis waren dicke Baumstämme, die über den Fluß gefallen waren. Hier gab es immer viele Aktionen. Wenn der Stamm hoch genug lag, konnte man manchmal sogar unten durch. Die Insassen mußten sich dann so klein wie möglich machen und ganz ins Boot hineinkriechen. Das

war alles lustig anzusehen. Aber spannend wurde es immer, wenn es über einen Stamm ging.
Im Kanu befinden sich in der Regel immer zwei Leute. Beide müssen auf den Stamm kriechen, dann wird das Boot hinübergehievt, während alles in der Balance bleiben muß (Leute und Boot). So ein Schauspiel wollte ich nie missen, denn wenn einer hineinfallen sollte, dann wollte ich auch den Spaß haben, dabei zuschauen zu können. Manche hatten auch ihre Photoapparate dabei. Gerade hatte ich wieder mit meinem Partner einen dicken Baum überquert und wir kehrten ins Boot zurück. Da meinte ich: „Laß uns hier sitzen und auf die anderen warten, wir sind heute zehn Kanus, da gibt es bestimmt einiges zu sehen!" Die nächsten zwei schafften es perfekt. Jetzt kam der dritte. Ich muß noch dazu sagen, je mehr Boote über den Stamm gehoben werden, desto nasser und rutschiger wird die Stelle, wo sich die Aktion abspielt. Nun, wie es das Pech wollte, rutschte der Mann vom dritten Kanu aus und stach, kerzengerade wie eine Säule, mit den Füßen zuerst ins Wasser. Er tauchte ganz unter und war für einige Sekunden verschwunden. Dann kam der Kopf wieder hoch, mit einem so erstaunten Gesichtsausdruck, den ich nie vergessen werde.
Der Gesichtsausdruck sagte alles, er brauchte kein Wort mehr zu verlieren. Wir konnten nicht anders

als lachen. Er sah uns erst komisch an, aber als er endlich die Situation begriffen hatte, lachte er herzlich mit. An dem Abend wurde diese kleine Vorführung zum besten gegeben. Übrigens hatte jeder von uns immer Ersatzkleidung dabei, so daß man nicht den Rest des Wochenendes in nassen Kleidern verbringen mußte.

Ja, Humor braucht man dabei schon. Und wer nicht über sich selbst lachen kann, der bleibt lieber gleich zu Hause. Eine menschliche Schwäche ist es doch, immer einen Prügelknaben zu suchen oder die Schuld einem anderen zuzuweisen. Nun, hier ist ein solcher Fall, der von einem Bootskameraden mit seiner Kamera gefilmt wurde. An einer schwierigen Stromschnelle probierte er seine neue Filmkamera aus und nahm alle Boote auf, die diese Stelle passierten. Ein Ehepaar kenterte, was auch gefilmt wurde. Der Mann, der früher einmal bei den Pfadfindern und recht geübt war, gab natürlich seiner Frau die Schuld, wußte sogar die Ursache zu nennen, weswegen sie gekentert waren. Die Frau glaubte schließlich, daß sie schuld war. Der Film wurde entwickelt und als unser Freund sich den Film ansah, ließ er interessehalber die besagte Stelle in Zeitlupe laufen. Er stutzte, sagte: „Schau mal! Hab' ich recht gesehen?" Er läßt die Stelle noch einmal ganz langsam laufen. „Jawohl, da ist es, der Mann hat den Fehler gemacht!" Eindeutig ging aus dem Film in Zeitlupe hervor, daß das Boot durch die Schuld des Mannes gekentert war.

Beim nächsten Club-Treffen wurde der Film vorgeführt. Niemand bemerkte die Panne beim normalen Laufen des Films. Jetzt wurde die Stelle in Zeitlupe gezeigt und alle staunten, am meisten der Mann, der davon überzeugt war, seine Frau hätte etwas falsch gemacht. „Nicht möglich!" sagte er immer wieder. „Ich war's, ich habe Mist gebaut." Er sagte, er könne es nicht glauben, aber er hat sich dann bei seiner Frau entschuldigt.

Mit meinem besten Freund Jack fuhr ich einmal im Klepper-Zweier. Es war Februar. Er wollte anhalten, weil mit dem Steuer, das mit den Füßen betätigt wird, irgend etwas nicht stimmte. Er stieg aus, ebenfalls auf geschälten Baumstämmen und brachte das Steuer wieder in Ordnung.

„O. k." sagte er, wollte wieder einsteigen und rutschte aus, und beim Fallen versuchte er, sich am Boot festzuhalten. Dabei wurde nun aber auch das Boot umgeworfen. Da ich vorne saß, hatte ich keine Ahnung, was da hinten vor sich ging, sonst hätte ich durch Gegengewicht die Sache vielleicht noch retten können. Ich merkte nur, wie das Boot umgerissen wurde, und ob ich wollte oder nicht, ich fiel kopfüber in das kalte Wasser.

„Das hat sich heute aber gelohnt, wäre ich doch lieber zu Hause geblieben!" war alles, was ich sagen

konnte. Nichts wie raus aus diesem Höllenbad! Wir saßen beide bald auf dem Landesteg und mein Freund schöpfte mit dem Hut das Wasser aus dem Boot, bis es leer genug war, so daß wir es umdrehen konnten. Mitten im Ausschöpfen hielt er inne und fing an zu lachen, lachte und lachte, bis ihm die Tränen über das Gesicht liefen. Als er endlich wieder zu sich kam und sprechen konnte, meinte er: „Ich habe noch nie jemanden so schnell aus dem Wasser springen sehen, du bist ja direkt herausgeschossen".
Das muß wirklich toll ausgesehen haben, seinem Lachen nach zu schließen. Leider war diese Szene nicht auf dem Film. Man weiß eben oft nicht, wie ulkig man auf andere wirkt.
Wir konnten damals gleich nach Hause fahren, es war nur eine Viertelstunde, und eine heiße Dusche sorgte dafür, daß keiner von dem Vollbad krank geworden ist.

Mein Abschied vom Yukon

Im Jahre 1990 näherte ich mich der „Weichenstellung", die mich von Seattle und dem Nordwesten Amerikas wegführen sollte. Ein besonderes Jahr mit einschneidenden Veränderungen! Da ich eine Ahnung hatte von der Bedeutung dieses großen Wechsels in fortgeschrittenem Alter, wollte ich mir selber ein Abschiedsgeschenk machen und noch einmal den Yukon herunterfahren, so als Abschluß, Höhepunkt oder wie in der Musik, als Fermate.

Und es klappte. Ich fand Leute, die mitmachen wollten. Wir waren in der ersten Woche sogar zu dritt. Der Dritte im Bunde hatte nicht genügend Urlaub, wollte aber gerne wenigstens eine Kostprobe bekommen.

So machten wir den sehr schönen Nebenfluß Teslin gemeinsam. In Carmacks trennten wir uns dann und setzten die Fahrt zu zweit fort. Der Sommer war herrlich warm in diesem Jahr. Man konnte sich jeden Abend durch ein Bad im Fluß erfrischen.

Wir sahen nur leider wenig Tiere – sie hielten sich wohl der großen Hitze wegen im kühlen Schatten des Waldes auf. Aber einen Moose-Elch sahen wir doch, als er kurz vor uns gerade den Strom überquerte. Er sah uns erstaunt an, fast wie ein Mensch, fanden wir, und zog dann ganz gemütlich seiner Wege, mit einer Grazie und Eleganz, die nur die Tiere in der freien Wildbahn haben. Da dies meine sechste Fahrt war, hatte der Yukon für mich schon Geschichte, und ich berichtete meinem Kameraden von vielen Ereignissen, die hier geschehen waren.

Ganz besonders stark wurde diese Neigung zum Erzählen einen Tag vor Fort Selkirk. Ich erzählte von dem Ehepaar aus New Jersey, das mich damals, 1973, zur ersten Yukon-Fahrt einlud, und dem ich eigentlich den ganzen Aufenthalt im Nordwesten Amerikas zu verdanken hatte.

In Fort Selkirk angekommen, fing ich wieder an, von diesem Ehepaar zu erzählen, meinem Freund mußten nun schon die Ohren klingen. Aber da war die Hütte, das Blockhaus, in dem wir damals übernachtet hatten. Da gab es immer wieder etwas zu berichten. „Da haben wir dies oder das gemacht oder gesagt". Kurz, es wiederholte sich der ganze „Film", den wir damals „gedreht" hatten.

Zwei Tage später trafen wir in Steward Island ein. Steward Island ist der Ort, wo der Steward-River in

den Yukon fließt. Hier hatte sich eine Familie niedergelassen, die während des ganzen Jahres hier lebte. Man konnte dort auch begrenzt Lebensmittel einkaufen. Das war sehr günstig, denn es waren immerhin noch zwei Tage bis Dawson.
Den Mann, der dieses „Homestad-Gehöft" unterhielt, lernte ich 1973 kennen und besuchte ihn von da an auf jeder meiner weiteren Reisen. 1980 war ich das letzte Mal hier gewesen, also vor zehn Jahren, weshalb ich gar nicht sehr überrascht war, als ich hörte, daß er in der Zwischenzeit gestorben war. Denn vieles ändert sich in so langer Zeit.
Wir wollten uns gerade Wasser holen, das dort sehr gut ist, als mein Freund so nebenbei meinte: „Da wohnt auch jemand in der Blockhütte nebenan", vor der wir einen schönen Schäferhund liegen sahen. Ich meinte dazu: „Die haben sicher Besuch und nicht alle fanden Platz in dem großen Haus – also laß uns gehen und einen schönen Schlafplatz flußabwärts finden." So gingen wir zu unseren Booten zurück und wollten ablegen.
Ich war gerade dabei, meine Leine vom Pfahl zu lösen, als ich eine Stimme hörte, die mir bekannt vorkam und mich ansprach: „Entschuldigen Sie, aber Ihre Stimme und der Tonfall klingt genauso wie die Stimme meines Freundes, der Falk Krüger heißt und in Seattle wohnt." Ich schaute auf und wollte meinen Augen nicht trauen, das war doch

Sybil – Sybil und Paul, das Ehepaar, das mich hier 1973 eingeweiht hatte – oder täuschte ich mich? Aber wie sonst sollte sie meinen Namen kennen? „Ja, Falk, der bin ich" – und die Überraschung war natürlich groß. Ja, nun mußten wir bleiben und vor der Hütte zelten. Das Erzählen nahm kein Ende. „Komisch", meinte mein Freund Rodney, „seit den letzten zwei Tagen hat mir Falk ständig von Ihnen, Sybil und Paul, erzählt."

War das nicht eigenartig, bei dem Abschied aus dem Yukon-Paradies waren dieselben Menschen wieder da, die mich eingeführt hatten. Als wir am nächsten Morgen dann packten und aufbrachen, wurde es doch ein schmerzlicher Abschied. Es war wie ein Sterben. Wenn auch nicht das Leben, so war doch ein Lebensabschnitt nun beendet. Das kleine Sterben muß eben geübt werden, um das große Sterben besser zu schaffen.

Wir winkten noch, bis der Fluß eine Biegung macht. Und der Yukon nahm uns wieder auf in die Gegenwart.

Falk Krüger

Falk Krüger: Mein Leben

Im Jahre 1932 kam ich am 6. April in Langenhagen / Hinterpommern als Sohn des Lehrers Alfred Krüger und seiner Ehefrau Frida, geborene Seiffert, zur Welt.
Es hieß nicht umsonst „Hinter-Pommern". Es war alles noch so herrlich einfach – für Kinder ein wahres Paradies.
Das Wasser mußte selbstverständlich noch von der Pumpe geholt werden. Die Kachelöfen wurden mit Buchenholz und Briketts geheizt. Jeden Morgen mußte im Küchenherd erst Feuer gemacht werden, um das Frühstück oder den Kaffee zu bereiten.
Gebadet wurde in der Waschküche, immer am Samstag. Das Wasser wurde in den Kessel getragen. Dann mußte Feuer gemacht werden. Die Wanne wurde halbvoll mit kaltem Wasser gefüllt. Wenn das Wasser im Kessel kochte, wurde es Eimer für Eimer in die Wanne befördert und zwar so lange, bis die Temperatur stimmte. Das hieß „Badetag"

und war eine richtige Zeremonie.
Das Klo befand sich natürlich in einem Häuschen, umgeben von den entsprechenden Düften. Es gab nur Pferde und eine Kleinbahn, um in die Kreisstadt zu gelangen. Die Pferde bekamen sogar ein Ausgeh-Geschirr an, wenn es per Kutschwagen in die Stadt ging.
Nun, dies war wohl die Vorbereitung für meine Liebe zur Natur und alles Einfache und Unkomplizierte.
Die Vertreibung aus dem Paradies stand auch uns bevor. Der Krieg kam, mein Vater wurde sofort eingezogen und es dauerte nicht lange, da wurden wir von der russischen Armee überrollt. Eine Welt, die ich seit meiner Geburt kannte, endete über Nacht schlagartig für immer.
Bald danach wurden wir von polnischem Militär ausgewiesen. Und so begann mein Zigeunerleben. Wir waren fünf Geschwister – ich der Älteste. Mit meiner Mutter wanderten wir quer durch Deutschland, mit einem kleinen Handwagen, nach München, wo wir Verwandte hatten. An der Grenze, die später zur Grenze der Deutschen Demokratischen Republik (DDR) wurde, mußten wir auch noch den Wagen stehen lassen, als wir an schlafenden Russen vorbeipirschten.
Vom Flüchtlingslager Allach wurden wir 1946 nach Berchtesgaden verschickt. Dort ging ich nach ein-

einhalb Jahren des Zigeunerlebens zum ersten Mal wieder in die Schule. 1947 kam wie durch ein Wunder mein Vater aus russischer Kriegsgefangenschaft zurück.

Mit dem Schulabschluß hatte ich Schwierigkeiten, und so entschieden sich meine Eltern für ein Handwerk und ich kam nach Mittenwald auf die Geigenbauschule. Dies wurde eine der schönsten Zeiten meines Lebens. Die Schule machte Spaß. Es fehlte auch nie an Kameraden – dreißig an der Zahl zu meiner Zeit –, um in den Bergen herumzusteigen, Ski zu fahren, zu radeln oder zum Schwimmen zu gehen.

Pommern war Paradies Nummer eins, Mittenwald sollte das zweite Kapitel aus dem Paradies werden. Die Ausbildung dauerte dreieinhalb Jahre (1950 – 1953). Dann hieß es, es wäre eine Stelle frei für einen Geigenbauer in einem großen Geschäft in London, und ob ich Interesse hätte? Selbstverständlich! Da gab es überhaupt kein Überlegen. Der kleine Pommernjunge hatte Gelegenheit, in eine Weltmetropole zu gehen. Welche Aufregung und zugleich die Chance, englisch zu lernen. So lebte ich in meinem dritten Kapitel vier Jahre lang in London. Ich war so beschäftigt mit allem, daß ich nie Zeit hatte für so etwas wie Heimweh.

England, sein Lebensstil, seine Denkungsart und Mentalität machten auf mich einen gewaltigen

Eindruck. Zum ersten Mal sah ich, daß es nicht nur einen deutschen provinziellen Lebensstil gibt, sondern viele verschiedene Weltanschauungen. Es war, als würde mir zum ersten Mal das Tor der Kleinstadt geöffnet, durch das ich nun die Welt betrachten konnte. Natürlich konnte ich das „zigeunern" nie richtig lassen, und so reiste ich durch die britischen Inseln mit Motorrad und Zelt. Ein herrliches Land! Und mir ist erzählt worden, daß viele deutsche Kriegsgefangene nach dem Kriege für immer in England geblieben sind. Auch ich hätte dort den Rest meines Lebens verbringen können.

Aber mein Schicksal hatte für mich andere Weichen gestellt, von denen ich noch keine Ahnung hatte (England 1954 – 1958).

Von London ging es dann nach Stockholm (1958). Dort machte ich, angeregt durch einen Freund, die erste Wildnis-Tour, eine Lapplandwanderung. Es war beeindruckend. Nur Natur, so muß auch Mitteleuropa ausgesehen haben, vor zweitausend Jahren. Keine Häuser, keine Fabriken, keine Straßen, keine Autos, keine Eisenbahn...

1959 ging ich nach Deutschland zurück, wo ich in Tübingen für zwei Jahre bei einem Geigenbauer arbeitete. Dort wurde mir eine Stelle in New Jersey / USA angeboten. Bezahlte Überfahrt per Dampfer – welcher Zigeuner würde da nein sagen?

Das Abenteuer allein war die Sache schon wert. In New Jersey verbrachte ich die ersten Jahre meines USA-Aufenthaltes (1961 – 1964).
Danach ging ich noch einmal für drei Jahre nach Deutschland zurück, um 1967 endgültig – so dachte ich damals – nach Amerika auszuwandern. Ich lebte dann für sieben Jahre in der Gegend von Philadelphia.
Mit Wandern in einem Club und Kanu-/Zeltfahrten kam ich immer mehr auf den Geschmack, draußen in freier Natur meine Freizeit und die Urlaube zu verbringen. Es war das billigste Vergnügen und auch das beste. Hier wurde ich von einem Ehepaar eingeladen, gemeinsam den Yukon zu befahren, die Goldrauschstrecke von 1898. Und das meine ich mit „Weichen stellen". Ich wurde einfach mitgenommen und so machte ich 1973 meine erste Yukon-Fahrt per Faltboot Klepper-Aerius.
Das war für mich wie ein Besuch auf einem anderen Stern. Was ich hier sah und erlebte, war für mich als Europäer nicht mehr zu fassen. Ich glaubte, beim Zelten oder Brotzeitmachen Stimmen zu hören, obwohl niemand da war. Es dauerte lange, ehe sich mein europäisch programmiertes Ohr langsam an die Wirklichkeit gewöhnen konnte und wenn da nur absolute Stille war, mein Ohr auch nur absolute Stille hörte. Ja, man kann Stille hören, für mich ist Stille die größte aller Sympho-

nien geworden. Man sagt nicht umsonst „göttliche Stille". Wir armen Europäer kennen das nicht mehr. Und weil wir keine Stille mehr haben, haben wir auch keinen Gott mehr.

Durch diese meine erste Yukon-Fahrt wollte ich näher an diese Gegend heran und da ich eine Anstellung als Geigenbauer in Seattle fand, ging ich 1974 nach Seattle. Dies wurde der Höhepunkt meines Lebens. Wie einen Süchtigen zog es mich immer wieder zum Yukon, so daß ich die Fahrt noch fünfmal machte – mit Variationen natürlich – auf den verschiedenen Nebenflüssen. Und in den Cascade-Bergen machte ich viele Zeltwanderungen mit großartigen Lagerfeuern. Ich war wie im Himmel, spielte wie ein glückliches Kind im Sandkasten.

Oft war ich zu dieser Zeit arbeitslos und so konnte ich noch öfter in die Berge und in die Natur. Diese Einsamkeit ist wie Balsam für die Seele. All die Kranken aus der Stadt bräuchten keinen Psychiater, sondern nur diese gesundende Einsamkeit mit der totalen Stille.

Hier glaubte ich, bis zu meinem Lebensende zu bleiben. Ich sagte oft: „Hier bleibe ich, hier sterbe ich." Aber meine Weichen waren doch wieder anders gestellt. Und so lebe ich seit 1990 wieder als Deutscher in Nürnberg. Als ich mich in Seattle verabschiedete, meinte jemand: „Wie ein Lachs, zum

Sterben geht es wieder zurück zum Anfang." Vielleicht sollte ich meinen Lebenszirkel wieder schließen. Wahrscheinlich habe ich es so machen müssen, um den richtigen Abstand zu bekommen und die Erlebnisse richtig auszuwerten, was immer erst in der Erinnerung möglich ist, mit dem nötigen Abstand, um die Spreu vom Weizen zu trennen.
Jeder sammelt seine Art von Schätzen nach seinen Prioritäten. Ich sammelte meine Erlebnisse, und den Ablauf meines Lebens möchte ich für nichts hergeben. Mein Schatz gilt nichts in dieser Welt, aber ich glaube, einiges davon kann ich sogar über die Todesschwelle mitnehmen.
Habe ich nun wirklich mein Leben verspielt? Es wird sich herausstellen beim Jüngsten Gericht.

The Spell of the Yukon

I wanted the gold, and I sought it;
I scrabbled and mucked like a slave.
Was it famine or scurvy – I fought it,
I hurled my youth into the grave.
I wanted the gold and I got it –
Came out with a fortune last fall, –
Yet somehow life's not what I thought it,
And somehow the gold isn't all.

No! There's the land. (Have you seen it?)
It's the cussedest land that I know,
From the big, dizzy mountains that screen it,
To the deep, deathlike valleys below.
Some say God was tired when He made it;
Some say it's a fine land to shun;
Maybe: but there's some as would trade
For no land on earth – and I'm one.

You come to get rich (damned good reason),
You feel like an exile at first;
You hate it like hell for a season,
And then you are worse than the worst.
It grips you like some kinds of sinning;
It twists you from foe to a friend;
It seems it's been since the beginning;
It seems it will be to the end.

I've stood in some mighty-mouthed hollow
That's plumb-full of hush to the brim;
I've watched the big, husky sun wallow
In crimson and gold, and grow dim,
Till the moon set the pearly peaks gleaming,
And the stars tumbled out, neck and crop;
And I've thought that I surely was dreaming,
With the peace o' the world piled on top.

The summer – no sweeter was ever;
The sunshiny woods all athrill;
The greyling aleap in the river,
The bighorn asleep on the hill.
The strong life that never knows harness;
The wilds where the caribou call;
The freshness, the freedom, the farness –
O God! how I'm stuck on it all.

The winter! the brightness that blinds you,
The white land locked tight as a drum,
The cold fear that follows and finds you,
The silence that bludgeons you dumb.
The snows that are older than history,
The woods where the weird shadows slant;
The stillness, the moonlight, the mystery,
I've bade 'em good-bye – but I can't.

There's a land where the mountains are nameless,
And the rivers all run God knows where;
There are lives that are erring and aimless,
And deaths that just hang by a hair;
There are hardships that nobody reckons;
There are valleys unpeopled and still;
There's a land – oh, it beckons and beckons,
And I want to go back – and I will.

They're making my money diminish;
I'm sick of the taste of champagne.
Thank God! when I'm skinned to a finish
I'll pike to the Yukon again.
I'll fight – and you bet it's no sham-fight;
It's hell! – but I've been there before;
And it's better than this by a damsite –
So me for the Yukon once more.

There's gold, and it's haunting and haunting,
It's luring me on as of old;
Yet it isn't the gold that I'm wanting
So much as just finding the gold.
It's the great, big, broad land 'way up yonder,
It's the forests where silence has lease;
It's the beauty that thrills me with wonder,
It's the stillness that fills me with peace.

aus Robert Service: ‚Songs of a Sourdough'

Der Zauber des Yukon

Ich wollte das Gold und ich suchte es;
Ich scharrte und wühlte im Dreck wie ein Sklave.
War es Hunger oder Skorbut – ich schlug mich durch.
Ich warf meine Jugend ins Grab.
Ich wollte das Gold und ich bekam's.
Kam mit einem Vermögen heraus, letzten Herbst.
Trotzdem ist das Leben nicht, wie ich es mir erträumt hatte,
Und irgendwie ist das Gold nicht alles.

Nein! Da ist das Land (hast Du's gesehen?)
Es ist das widerborstigste Land, das ich kenne:
Hoch von den mächtigen, schwindelnden Bergen, die es umschließen, bis hinab zu den tiefen, totähnlichen Tälern unten.
Einige sagen, Gott war müde als Er es schuf;
Einige sagen, es ist ein gutes Land – meide es.
Mag sein: aber es gibt auch einige, die würden kein Land
Auf dieser Erde dafür eintauschen – und einer davon bin ich.

Du kommst, um reich zu werden (verdammt guter Grund),
Du fühlst Dich zuerst wie ein Verdammter;
Du haßt es eine zeitlang wie die Hölle,
Und dann bist Du schlimmer als die Schlimmsten.
Es packt Dich wie eine Art Sünde;
Du wirst vom Feind zum Freund.
Dir scheint, so ist es vom Anfang gewesen;
Dir scheint, es wird bis zum Ende so sein.

Ich stand in einigen riesig weit geöffneten Landschaften,
Die waren voll von Stille bis zum Rand;
Ich sah die große, trockene Sonne
Schwelgen in rot und gold, und matt werden,
Bis der Mond die Perlen-Gipfel zum Leuchten brachte,
Und die Sterne stürzten heraus Hals über Kopf;
Und ich dachte, ich würde das sicher nur träumen,
Mit dem Frieden der Welt obenauf.

Noch nie war der Sommer so süß;
Die Wälder vom Sonnenschein durchdrungen:
Der Greyling springt im Fluß,
Das Bighorn schläft auf dem Hügel.
Das starke Leben, das nie ein Joch gekannt;
Die Wildnis, wo das Caribou ruft,
Die Frische, die Freiheit, die Weite –
O Gott! wie ich das alles liebe.

Der Winter! Die glänzende Pracht, die Dich blendet,
Das weiße Land zusammengeschnürt wie eine Trommel.
Die kalte Furcht, die Dir folgt und Dich findet.
Die Stille, die Dich taub macht.
Der Schnee, der älter ist, denn Geschichte,
Die Wälder mit ihren unheimlichen, schrägen Schatten,
Die Stille, das Mondlicht, das Geheimnis,
Ich habe versucht, good-bye zu sagen – aber ich kanns nicht.

Da ist ein Land, wo die Berge keine Namen haben,
Und all die Flüsse fließen Gott weiß wohin;
Da ist Leben, unstet und ziellos,
Und Tod um Haaresbreite;
Da ist Not, an die niemand gedacht,
Da sind menschenleere Täler voller Stille;
Da ist ein Land – das lockt und ruft,
Und ich will zurück – und ich werde wiederkommen.

Die machen mein Geld zunichte.
Ich bin krank vom Geschmack des Champagners.
Gott sei Dank! Wenn ich gehäutet bin bis zum Ende
Fahre ich zum Yukon zurück. Ich werde kämpfen –
Und Du kannst wetten, es ist kein schamvoller Kampf.
Es ist die Hölle! Aber ich war schon mal da,
Und es ist besser als diese Verdammnis –
So komm ich nochmal zum Yukon zurück.

Da ist das Gold, und es verfolgt mich und sucht mich heim.
Es lockt mich an wie damals.
Doch nicht das Gold will ich jetzt.
Ich will das Gold suchen.
Es ist das große, gewaltige Land dort,
Es sind die Wälder, wo die Stille wohnt.
Es ist die Schönheit, sie läßt mich erschauern,
Es ist die Stille, sie erfüllt mich mit Frieden.

aus Robert Service: ‚Songs of a Sourdough'

Nordpolarmeer
Tanana
Beaver
Porcupine River
Fort Yukon
YUKON TERRITORIES
Fairbanks
Circle
Tanana River
Yukon
Eagle
N
W
E
S
Dawson City
Klondike River
Stewart
White River
Fort Selkirk
Pelly River
YUKON TERRITORIES
River
Alaska
Minto
Carmacks
Kanada
Lake Laberge
Golf von Alaska
Whitehorse